Uwe Sarfeld
bekannt aus Funk und Fernsehen

Handwerkergeschichten

erotisch, spannend und mystisch

Uwe Sarfeld
bekannt aus Funk und Fernsehen

Handwerkergeschichten

erotisch, spannend und mystisch

Bibliografische Information der Deutschen Nationalbibliothek:
Die Deutsche Nationalbibliothek verzeichnet diese Publikation in der
Deutschen Nationalbibliografie; detaillierte bibliografische Daten sind
im Internet über dnb.dnb.de abrufbar.

© 2020 Uwe Sarfeld
www.einbruch-legal.de
Bilder: Fa. Shotshop GmbH, Hasenheide 12, in 10967 Berlin,
sowie auch aus Eigenproduktion.

Umschlaggestaltung, Herstellung und Verlag:
BoD – Books on Demand, Norderstedt
ISBN 978-3-7528-9717-3

Inhaltsverzeichnis

Die mit einem * gekennzeichneten Geschichten sind frei erfunden.

Über mich

Uwe Sarfeld, geboren 1955 in Essen.

Ich beginne, als ich gerade 15 Jahre alt geworden bin, da durfte ich in die Lehre. Ich habe extra geschrieben „durfte", denn ich war ehrlich gesagt froh, als ich das Kapitel Schule hinter mir lassen konnte. Ich habe eine Lehre als Kraftfahrzeugmechaniker begonnen und natürlich auch abgeschlossen. Bis zur Bundeswehrzeit, die ich leider auch absolvieren musste, arbeitete ich als Geselle in einer Kraftfahrzeugwerkstatt. Nach dem Wehrdienst war ich in einer internen Werkstatt für Tiefbau als Kfz-Mechaniker tätig. So früh wie möglich meldete ich mich bei der Handwerkskammer Düsseldorf für die Meisterschule an. Die Wartezeit war kürzer als gedacht. Mit 24 Jahren war es dann soweit und ich durfte 9 Monate die Meisterschule besuchen. Mit 25 Jahren konnte ich mich nun Kraftfahrzeugmechanikermeister nennen, was mich natürlich mächtig stolz machte.

Ich hatte Glück und bekam eine verantwortungsvolle Meisterstelle bei einem großen Konzern, wo ich die betriebseigene Werkstatt leitete. Während dieser Zeit studierte ich noch auf der Abendschule zweieinhalb Jahre BWL. Dann bekam ich die Möglichkeit, eine Markentankstelle zu übernehmen. Die gab ich aber nach zwei Jahren wieder auf, mit der Erkenntnis: Wenn ich mich nochmals selbstständig mache, egal in welcher Branche, werde ich mich niemals wieder an irgendeinen Konzern binden. Da ist man nur ein besserer Angestellter, der den Kopf für alles hinhalten muss, und wenn was schiefläuft, ist man sowieso selbst der Dumme. Der Konzern lässt einen dann ganz schnell wie eine heiße Kartoffel fallen und Sie stehen dann alleine da, eventuell sogar mit einem Berg von Schulden.

Um die Sache ein wenig abzukürzen, lasse ich ein paar Zwischenstationen meiner beruflichen Laufbahn aus und wende mich dem für Sie interessanteren Teil zu. Kurz nach dem Jahrtausendwechsel absolvierte ich einen kurzen Lehrgang zum Schlüsselnotdiensttechniker. Hört sich toll an, ist aber keine geschützte Berufsbezeichnung und schon gar kein Lehrberuf. Hier bekam ich die Grundkenntnisse vermittelt, die man benötigt, um als Schlüsseldiensttechniker arbeiten zu können. Schnell bemerkte ich, dass mir das neue Berufsfeld wahnsinnigen Spaß machte und ich ging in der neuen Aufgabe voll auf und fand hier meine Erfüllung. Ich merkte schnell, ich bin für diesen Job geboren, ich habe dafür einfach die richtige Hand. Manchmal denke ich, dass ich eine Tür nur anzuschauen brauche und sie öffnet sich von selbst.

Trotzdem musste auch ich meine Erfahrungen sammeln. Um anfangs überhaupt an Aufträge zu gelangen, bewarb ich mich, unwissend, wo ich mich bewarb, bei den sogenannten schwarzen Schafen. Da diese Unternehmen immer Bedarf an Mitarbeitern haben, nahmen die mich auch sofort und schlossen einen Subunternehmervertrag mit mir ab. So arbeitete ich dann als selbstständiger Unternehmer für verschiedene Schlüsselnotdienstzentralen. Ich denke, schnell hatte ich einen guten Ruf bei denen erlangt. Einen guten Ruf insofern, dass man mir meistens die komplizierten Arbeiten vermittelte, die ich auch zur vollsten Zufriedenheit meisterte. Allerdings nahm ich den Kunden entgegen den Anweisungen meiner Auftraggeber immer zu wenig Geld ab.

Schnell hatte ich meinen eigenen Kopf durchgesetzt und bekam trotz meiner Empathie dem Kunden gegenüber weiterhin Aufträge von den sogenannten schwarzen Schafen. Natürlich war man über meine Preispolitik nicht begeistert und so versuchte man, mich unter Druck zu setzen. Irgendwann wurde der Druck größer und ich habe mich von den unseriösen Auftraggebern getrennt. Es lief auch so gut für mich, ohne abhängig von den Vermittlungszentralen zu sein.

Nachdem ich von meinem neuen Beruf, in dem ich nun auch schon ein paar Jahre arbeitete, immer noch begeistert war, war es fast unumgänglich, dass ich ergänzend zu meiner Werkzeugausstattung meine eigenen Werkzeuge konstruierte. Da diese in der Praxis gut funktionierten, hatte ich auch schon bald mein erstes Gebrauchsmuster beim Deutschen Patentamt angemeldet. Kurz darauf folgte auch schon meine zweite Entwicklung.

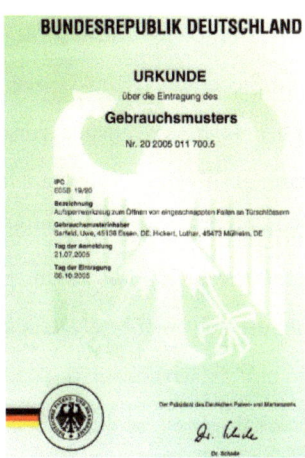

Nur mal so am Rande erwähnt. Eine Gebrauchsmuster-
anmeldung kostete mich inklusive Recherche und Patent-
anwalt etwa 4.500,00 €.

Glücklicherweise, oder war es eine Fügung, lernte ich einen sehr bekannten Mann aus der Branche kennen, der mir
die Gelegenheit gab, meine selbstentwickelten Werkzeuge
dem Fachpublikum (Schlüsseldienstfirmen, Polizei und
Feuerwehren) vorzustellen. Trotz der hohen Kosten der Ge-
brauchsmusteranmeldung hatte ich recht schnell meine
Entwicklungskosten wieder raus. Außerdem hatte ich
durch meine öffentlichen Auftritte mir schnell einen guten
Namen gemacht und wurde zusehends bekannt in der
Branche. Nun ging es Schlag auf Schlag weiter. Ich gab
Schulungen und unterrichtete nun selbstständig angehende

Schlüsseldienstleister. Da ich mittlerweile ein echter Türöffnungsprofi und Sicherheitstechniker geworden war, meldete ich mich bei einer Sachverständigenschule an, die ich auch mit Bravour absolvierte. Nun war ich auch noch zertifizierter Sachverständiger und Gutachter. Vielleicht habe ich vergessen zu erwähnen, dass ich bis jetzt meine Tätigkeiten von zuhause aus ausführte. Dann kam, was irgendwann kommen musste, ich bekam die Gelegenheit, das ehemalige Ladenlokal eines Schlüsseldienstes zu mieten. Schnell hatte ich den Laden wieder ansehnlich aufgebaut und kurze Zeit später auch mitsamt dem Haus gekauft. Als Gutachter und Sachverständiger bekam ich nun auch Aufträge von Gerichten, Versicherungen und Rechtsanwälten. Weiterhin öffnete ich Türen, verbaute Fenster- und Türsicherungen, bildete mittlerweile Feuerwehren, Polizeibeamte, Hausmeisterservice und andere, die mit Türöffnungstechniken zu tun haben, aus. Also, ich gab Seminare und gebe sie auch heute noch. Die Schulungen sind ein fester Bestandteil meines Umsatzes geworden.

Was ich ganz vergaß zu erwähnen, ich bekam auf einmal regelmäßige Anfragen von verschiedenen Fernsehsendern, ob ich Interesse daran hätte, Handwerker mit versteckter Kamera als Fachmann zu beurteilen. Logischerweise habe ich fast immer zugestimmt, das war ja auch für mein Image nicht schlecht. So nahm ich sogar für Kabel 1 an dem bis jetzt größten Handwerkertest teil, der jemals in Deutschland durchgeführt wurde. Außerdem wurden schon mehrmals meine Seminare für Türöffnungstechniken vom Fernsehen begleitet. Einmal ließ sich ein Reporter von mir mit Begleitung eines Kamerateams zum Schlüsselnotdiensttechniker ausbilden. Ausgestrahlt wurde es beim Frühstücksfernsehen von SAT 1. Die anschließenden Anfragen nach meinen Seminaren waren bombastisch.

2019 habe ich dann mein erstes Buch veröffentlicht mit dem Titel: Achtung-Handwerker! ISBN 978-3-8301-9661-7

Nun wünsche ich Ihnen viel Vergnügen beim Lesen.

Ein Buch, das beinahe nie geschrieben wurde

Wie die Überschrift schon verheißt, wäre dieses Buch fast nie zustande gekommen, und Sie, liebe Leserinnen und Leser, würden jetzt wahrscheinlich irgendein anderes Buch in der Hand halten. Warum? Lesen Sie dazu einfach diese kurze Geschichte als Einleitung und erfahren darin, wie es dazu kam, dass dieses Buch doch noch zu Ihnen gefunden hat.

Mit neun Jahren hätte mein Leben schon bald ein jähes Ende gefunden. Da legte ich mich zum ersten Mal mit einem VW-Bus an.

Es war Herbst, fünf dicke Kastanienbäume zierten unseren Schulhof. Ihre Kastanien hatten sie weit über den Hof gestreut. Im Kunstunterricht brachte man uns Kleinen bei, dass man mit Kastanien so Einiges basteln kann. Mit einem Nagelbohrer wurden Löcher in eine dicke Kastanie, die einen Körper simulieren sollte, gebohrt. Ein Zahnstocher aus Holz wurde in das Loch getrieben und eine kleine Kastanie als Kopf obendrauf gesetzt. Füße und Hände folgten auf gleiche Weise. Der Phantasie von uns Kindern war keine Grenzen gesetzt.

Jedenfalls war Schulschluss und wir durften endlich nach Hause. Wir waren noch keine Helikopterkinder, denen man heute nicht einmal zutraut, einen Kilometer weit allein zu laufen. Nein, wir durften uns noch bewegen und es gab auch nicht so viele übergewichtige Kinder wie heute. Aber das ist ein anderes Thema.

Erfreut über die vielen Kastanien, die verstreut auf dem Schulhof lagen, fingen zwei Freunde und ich an, sie aufzusammeln. Nach einer gefühlten halben Stunde hatten wir unsere Taschen voll. Dann schoss mir durch den Kopf: „Oh, Mama wartet mit dem Essen auf mich." Den Ranzen über die Schulter geworfen, stürmte ich aus dem Schultor, und, ohne auf den Verkehr zu achten, direkt in einen vorbeifahrenden VW-Bus. Der Außenspiegel des Busses brach ab und die Spiegelbefestigung rammte sich zwei Millimeter über meinem linken Auge in meinen Schädel.

Ob Sie es glauben oder nicht, ich habe gerade das Gefühl, ich erlebe diesen Moment noch einmal, obwohl das Szenario nun schon etwa 54 Jahre her ist. Diesen dumpfen dröhnenden Knall werde ich nie vergessen. Dann sackte ich zu Boden. Ich spürte, wie eine warme Flüssigkeit über mein Gesicht strömte - mein Blut. Die Umgebung konnte ich nur noch wie durch einen gelben Schleier schemenhaft erkennen. Ich wusste instinktiv, dass es Blut war und wunderte mich, dass ich alles in einem gelblichen Ton sah. Dann hörte ich meine Kollegen und auch andere Stimmen, die in Panik nach dem Hausmeister riefen, er möge mit Verbandszeug kommen. Danach habe ich wohl das Bewusstsein verloren und wachte erst im Krankenhaus wieder auf. Ich bin immer noch verwundert darüber, dass ich diesen Zusammenprall mit relativ kleinen Blessuren überlebt habe.

Etwa sieben Jahre später sollte ich mich nochmals mit einem VW-Bus anlegen.

Im Vorwort >Über mich< haben Sie, liebe Leserinnen und Leser, ja wahrscheinlich schon entnommen, dass ich in den 1970er-Jahren eine Lehre zum Kfz-Mechaniker absolviert habe

Mittlerweile war ich 16 Jahre alt geworden und befand mich schon im zweiten Lehrjahr, als ich einen VW-Bus zur Bremsenreparatur auf der Hebebühne hatte. Es war eine Hebebühne mit Auffahrrampen, sodass man das Fahrzeug auf den Rädern stehend in die Höhe heben konnte. Es lag eine Reparatur an der Vorderbremse an. So demontierte ich die beiden vorderen Räder komplett mit Bremstrommeln.

Dazu musste ich das Fahrzeug an der Vorderachse über einen speziellen Wagenheber anheben. Da der VW-Bus einen Heckantrieb besaß, befanden sich die Antriebsräder zwangsläufig an der Hinterachse, die immer noch im intakten Zustand auf der Auffahrrampe der Hebebühne stand. Die Vorderräder legte ich vor die Hebebühne, die ich auf etwa eineinhalb Meter in die Höhe gehoben hatte und begann daran zu arbeiten.

Zur gleichen Zeit war Hermann, einer unserer Gesellen, mit einem Kundenfahrzeug zur TÜV-Abnahme unterwegs.

Nach zwanzig Minuten kam Hermann völlig atemlos zu Fuß zurück.

„Was ist los?", fragte ihn der Chef.

„Ich bin auf dem Weg zum TÜV mit dem Fahrzeug liegengeblieben. So wie es aussieht, hat das Fahrzeug keinen Kraftstoff mehr."

Wir hatten ja keine Tankstelle, sondern eine Kfz-Werkstatt und somit kein Benzin zur Hand. Aber Hermann, nicht dumm, wollte dem VW-Bus, an dem ich arbeitete, etwas Benzin entnehmen und zog den Benzinschlauch am Vergaser ab. Er hielt ihn in eine Flasche und bat Klaus, unseren anderen Monteur, den Bus zu starten. Da der VW-Bus ja in halber Höhe auf der Hebebühne stand, hatte Klaus keine

Lust, sich in das Fahrzeug zu setzen, sondern stellte sich auf die Zehenspitzen, reckte sich in das Fahrzeug, bis er an den Zündschlüssel gelangte und drehte diesen auf Startposition. Leider hatte er vergessen, sich zu vergewissern, dass kein Gang eingelegt war. Der Bus machte einen Satz nach vorne und sprang vom Wagenheber. Eigentlich hätte ich ja genügend Zeit gehabt, mit einem beherzten Satz aus dem Gefahrenbereich zu sprinten, aber nein, ich schaute wie gelähmt auf das Fahrzeug, das nun wie in Zeitlupe auf mich zukam und dann vornüber kippte, direkt auf mich drauf.

Ich verspürte einen dumpfen Druck auf meinem Kopf und hörte die anderen Mitarbeiter und meinen Chef wie aus weiter Ferne schreien.

„Schnell! Brechstangen her, wir müssen den Uwe befreien!"

Stellen Sie sich vor, wie sich so etwas anfühlt, wenn einem ein VW-Bus mit seinem gesamten Gewicht den Kopf und Schultern gegen die Wand drückt. Es fühlte sich an, als wenn ich meinen Kopf in einen Schraubstock gespannt hätte. Es schossen mir in dem Moment viele Gedanken durch den Kopf. Wie, das hast du bestimmt nicht überlebt, wenn die dich gleich hier herausziehen, wird mein Kopf

auseinanderfallen. Ja, ich sah sogar in Gedanken meine Eltern schon an meinem Grab stehen.

Nach einer gefühlten Ewigkeit verschaffte man mit den
Brechstangen etwas Platz und zwar so viel, dass man mich
aus der tödlichen Lage befreien konnte. Zeitgleich kam nun
auch der Rettungswagen, der mich ins Krankenhaus
brachte. Ich konnte es gar nicht fassen, dass ich alles mitbe-
kam. Meine Gedanken glitten ab und ich fragte mich, warum ich nicht tot war.

Am Ende stellte sich heraus, dass meine Schultern
enorme Prellungen aufwiesen und mein linkes Ohr um
mehr als das Doppelte von seinem ursprünglichen Volu-
men angeschwollen war. Trotzdem hatte ich noch Glück im
Unglück, denn ich brauchte nicht einmal stationär im Krankenhaus zu verbleiben, sondern konnte mich nach ausführ-
licher ambulanter Behandlung wieder nach Hause fahren
lassen. Allerdings war für die nächsten zwei Wochen nicht
mehr an Arbeiten zu denken.

Als ich dann nach meiner Genesung wieder zur Arbeit
durfte, sah ich mir alles noch einmal ausführlich an und re-
konstruierte, warum ich überhaupt überlebt hatte. Da, wo
mich der VW-Bus gegen die Wand gequetscht hatte, befand
sich ein kleiner Mauervorsprung, so dass dort eine kleine

Nische vorhanden war. In dieser Nische hatte irgendwann jemand ein paar Bretter zu einem Regal zusammengenagelt und ein altes Röhrenradio daraufgestellt, das den ganzen Tag für leise Musik in der Werkstatt sorgte. Dieses Regal mit dem Radio darauf hatte mir garantiert das Leben gerettet.

Das war noch nicht alles. Nein, jemand wollte mich wohl mit aller Gewalt von der Erde fegen, aber da muss noch eine andere Macht im Spiel gewesen sein, die es immer wieder geschafft hat, das zu verhindern.

Jahre später, etwa Mitte der 1980er, hatte ich eine qualifizierte Meisterstelle als Fuhrparkleiter bei einem großen Konzern bekommen. Als Fuhrparkleiter musste ich mich um alles kümmern und bin auch persönlich auf Montage gewesen, wo ich die Fahrzeuge vor Ort repariert habe. So auch an diesem besagten Tag.

Es war Sommer, ich kam von einer Reparatur an einem unserer Fahrzeuge aus Süddeutschland zurück und befand mich mit meinem Privatfahrzeug auf der Autobahn. Gerne benutzte ich meinen Privatwagen für diese Zwecke, da ich das zusätzlich vergütet bekam. An diesem Tag hatte ich sogar meinen Vater dabei, der mich als Frührentner, wenn eben möglich, begleitete. Wir verstanden uns immer sehr gut und die Fahrten waren dadurch nicht so eintönig. Aufgrund der großen Hitze hatten wir beide, obwohl ja nicht erlaubt, die Gurte abgeschnallt. Dann passierte es. – Mit 140 Sachen rauschte ich gemütlich dahin, wenig Verkehr, langgezogene Kurve und plötzlich, wie aus dem Nichts, stand ein Fahrzeug vor mir. Zum Überlegen blieb mir keine Zeit. Jetzt hieß es handeln. Handeln heißt bremsen. Also voll aufs Pedal. Ein Antiblockiersystem besaß mein Fahrzeug nicht, so sah ich, wie an allen vier Seiten des Fahrzeugs blaugrauer Rauch aufstieg, entstanden durch den Gummiabrieb der blockierten Reifen. Gleichzeitig schaute ich aus dem Augenwinkel zur linken Seite, weil ich mein Fahrzeug da vorbeimanövrieren wollte, bekam aber mit, dass ich gerade von einem anderen Fahrzeug überholt wurde. So rutschte ich unweigerlich auf meinen Vordermann zu. Durch die Verzögerung meiner abrupten Bremsung hatte ich wahrgenommen, dass mich das linksseitige Fahrzeug schon überholt hatte. Also ließ ich das Bremspedal los. Das vor mir stehende Fahrzeug befand sich in diesem Moment nur noch geschätzte eineinhalb Meter von mir entfernt, ich riss das Lenkrad nach links, mein Fahrzeug neigte sich in dieselbe

Richtung und drohte zu kippen. Weitere ruckartige instinktiv ausgeführte Lenkbewegungen stabilisierten meinen Wagen wieder und ich war vorbei. Ohne anzuhalten gab ich in meinem Schockzustand einfach Gas und fuhr weiter, riskierte aber doch einen Blick in den Rückspiegel und sah, wie mit voller Wucht ein weiteres Fahrzeug auf das stehende Fahrzeug prallte. Die Haube des aufprallenden Fahrzeugs flog hoch, riss wohl ab und schoss quer über die Fahrbahn. Weiterhin konnte ich nun sehen, dass auch alle folgenden Fahrzeuge stehenblieben, wohl um Ersthilfe zu leisten.

Ich sagte nur zu meinem Vater: „Mein Gott, da wären wir genau zwischengekommen und wären jetzt eingequetscht oder sogar tot."

Was ich nicht mitbekommen hatte, dafür aber mein Vater, war, warum das Fahrzeug überhaupt mitten auf der Autobahn stand.

„Hast du nicht gesehen, dass vor dem Fahrzeug Tiere über die Autobahn liefen?"

„Was für Tiere?", fragte ich.

„Eine Igel- oder Entenfamilie. Genau sehen konnte ich es auch nicht", sagte er.

Noch Jahre später hat mein Vater immer wieder erzählt, dass ich durch meine gute Reaktion uns beiden wahrscheinlich das Leben gerettet hatte.

Auch wenn es dieses Mal kein VW-Bus war, vor dem mich das Schicksal retten musste, stand es aber wieder auf Messers Schneide, und Sie hätten dieses Buch unter Umständen nicht zu lesen bekommen.

Nun noch eine letzte, auch wie die vorigen natürlich wahre und nicht übertriebene Story, die mich auch wieder fast das Leben gekostet hätte.

Originalfoto

„ELA", sagt Ihnen das was? Ich denke vielen von Ihnen wird dieser Begriff auf Anhieb nicht mehr präsent sein. NRW wurde am 9. Juni 2014, dem Pfingstsonntag, von einer

Tiefdruck-Gewitterfront mit katastrophalen Ausmaßen überzogen.

Es war etwa 21:30 Uhr, gerade hatte ich einem Kunden im Rahmen meines Schlüsselnotdienstes eine zugefallene Tür wieder geöffnet. Die Werkzeugtasche über die Schulter gehängt schritt ich langsam und zufrieden zu meinem Fahrzeug. Es war bis jetzt noch hell und trocken. Doch kaum saß ich in meinem Wagen, als sich der Himmel so schnell, wie ich es noch nie erlebt hatte, zuzog und auch schon die ersten dicken Regentropfen freigab. Erstaunt über den schnellen Wetterwandel startete ich mein Auto und machte mich auf den Weg nach Hause.

Die Gesamtstrecke, die ich zu fahren hatte, betrug nur acht Kilometer, aber die sollte ich nicht mehr vollenden. Es wurde wirklich innerhalb von ein paar Minuten Nacht. Dicke harte Regentropfen knallten jetzt aufs Fahrzeugblech. Windböen drückten meinen Wagen von links nach rechts, sodass ich kräftig gegenlenken musste. Dann wurde meine Fahrt unvermittelt durch einen dicken auf der Fahrbahn liegenden Ast blockiert. Über die Gegenfahrbahn konnte ich auch nicht ausweichen, weil diese ähnlich wie eine Autobahn durch einen hohen Mittelbordstein getrennt war. So stand ich vor dem dicken Ast und suchte nach einer Lösung. Sollte ich rückwärtsfahren oder doch riskieren, über den Mittelbordstein auszuweichen? Meine Gedanken wurden jäh unterbrochen, als ich nun schemenhaft sah, wie sich von dem Baum, von dem auch der erste Ast stammte, ein weiterer dicker Ast loste und auf das Dach meines Fahrzeugs stürzte.

Ich saß da und wusste, dass ich nichts machen konnte. Hilflos der Natur ausgeliefert riss ich die Arme nach oben, um wenigstens mein Haupt zu schützen. Dann krachte es auch schon und das Dach gab nach. Die Frontscheibe sowie auch einige Seitenscheiben splitterten.

Meine Gedanken kreisten in dem Moment nur darum, dass nicht noch mehr Baum hinterherkommen und mich endgültig platt machen würde. Sodann versuchte ich die Fahrertür zu öffnen, was mir aber nicht gelang. „Dann nehme ich eben die andere Seite", dachte ich, krabbelte auf den Beifahrersitz, und siehe da, die Tür ließ sich öffnen. Nachdem ich mein rechtes Bein draußen hatte und mich bis weit über die Knöchel im Wasser befand, das nach dem Wolkenbruch die Straße entlangschoss, zog ich mein Bein wieder zurück ins Fahrzeuginnere. Nun musste ich mich entscheiden, bleibe ich sitzen und warte auf eventuelle

Hilfe? Nein, lieber nicht, denn es stand ja noch ein wenig Rest vom Baum, der ja eventuell mir und meinem Fahrzeug endgültig den Garaus machen könnte. Also raus mit allen Restrisiken und in den nächsten Hauseingang gespurtet.

Nun will ich Sie nicht länger mit Einzelheiten quälen, wie Sie ja sehen, bin ich auch dieses Mal wieder dem Tod von der Schüppe gesprungen und genau aus diesem Grund können Sie nun, meine lieben Leserinnen und Leser auch die folgenden spannenden, erotischen und absurden Geschichten lesen, die ich zum Teil selbst erlebt habe und mir natürlich auch von anderen Handwerkern habe erzählen lassen.

Also, auf ins Vergnügen und nun weiterlesen.

Eine alte Leiche

Es war mal wieder fällig, ich hatte ja auch schon längere Zeit keinen Leichenfund mehr. Folgenden Leichenfund werde ich auch bestimmt in meinem Leben nicht mehr vergessen.

Fange ich mal von vorne an: mitten im Sommer, eine Bruthitze, jede kleinste Bewegung war schon zu viel und ließ den Schweiß rinnen. Da bekam ich den Auftrag, innerhalb von Essen eine Türöffnung vorzunehmen. Da der Auftrag über ein Callcenter kam, hatte ich auch keinerlei Hintergrundwissen und weitere Informationen dazu, was mich bei diesem Auftrag erwartete. Nehme ich einen Auftrag persönlich von einem Kunden entgegen, hinterfrage ich schon am Telefon, warum der Kunde eine Türöffnung wünscht. Denn so kann ich mich im Vorfeld innerlich darauf einstellen, was mich eventuell erwartet und welche Werkzeuge ich sofort mitnehme. Meistens ist die Tür nur zugefallen, da nehme ich dann keine Fräse, Zugglocke oder Knackrohr mit, sondern lass die Werkzeuge fürs Grobe erst einmal im Auto. Sollte sich so eine Türöffnung im Nachhinein doch mal etwas schwieriger gestalten als gedacht, kann ich immer noch zum Fahrzeug gehen und das passende Werkzeug holen.

Alsdann fuhr ich los. Es war Sonntag, meine Frau hatte ausnahmsweise dienstfrei, so konnte sie mich an dem Tag begleiten. Für sie ist es auch immer wieder spannend, auf was für Leute und Situationen man so als Schlüsselnotdiensttechniker stößt. Direkt vor der angegebenen Adresse befand sich eine Bushaltestelle, in der eine einzelne Frau saß und wartete. „Das könnte die Kundin sein", sagte ich zu meiner Frau. Sie drehte das Seitenfenster herunter und rief der Frau zu: „Warten Sie auf den Schlüsseldienst?"

Die Frau bejahte unsere Frage. Wir suchten uns einen Parkplatz, dann nahm ich mein Werkzeug aus dem Kofferraum und wir schritten bepackt auf die potenzielle Kundin zu. Wir begrüßten uns mit Handschlag, sie stellte sich als Frau T. vor. Nun wollte ich natürlich wissen, was mich erwartet und fragte Frau T., ob die Türe verschlossen war oder nur ins Schloss gefallen.

„Ich weiß es nicht", meinte sie. „Ich war 6 Wochen im Krankenhaus und aus irgendwelchen Gründen ist mein Schlüssel nicht mehr auffindbar."

Aufgrund der schwammigen Aussage ging ich noch einmal zum Fahrzeug zurück und nahm sicherheitshalber die Fräse mit.

Frau T. schellte bei ihrer Nachbarin, die uns die Haustüre öffnete. So gelangten wir problemlos ins Treppenhaus. Wir mussten nur bis zur 1. Etage. Ich versuchte die Tür mit einem Spezialdraht zu öffnen, musste aber schnell feststellen, dass die Tür doch verschlossen war. Ich erklärte Frau T., dass ich deshalb doch den Profilzylinder ausfräsen musste. Sie nickte nur zustimmend und so machte ich mich an die Arbeit. Nach einer Minute hatte ich den Schließzylinder auf und konnte die Tür öffnen. Es fiel mir zwar sofort auf, dass von innen ein Schlüssel steckte. Irgendwie war ich aber mit meinen Gedanken woanders, dass ich mir nichts dabei gedacht hatte. Auch den ekelhaft süßlichen Verwesungsgeruch hatte ich nicht bewusst wahrgenommen. Mit einem Lächeln drehte ich mich zu Frau T. um und ließ noch einen lockeren Spruch los. „Treten Sie doch ein und fühlen sie sich wie zu Hause." Doch als ich ihr dann in die Augen sah und diesen verbissenen Gesichtsausdruck bemerkte, machte es plötzlich bei mir Klick. Ich kombinierte den innenseitig steckenden Schlüssel und den Geruch. Nun sprach sie auf einmal Klartext.

„Bitte gehen Sie einmal vor und schauen sich um, ich habe Angst, dass mein Mann sich etwas angetan haben könnte."

Jetzt bekam ich ein flaues Gefühl im Magen. Ihrer Bitte kam ich aber nach, stieß die Wohnungstür komplett auf und konnte nun in einen langen Flur schauen. Links befanden sich hintereinander zwei Räume, rechts ebenso. Geradeaus stand auch noch eine Tür auf, die, wie man erkennen konnte, ins Bad führte und in dem auch Licht brannte. So schritt ich langsamen Schrittes in Richtung Bad, schaute aber erst links in den Raum, worin sich die Küche befand und kam dann zum nächsten Raum, der sich auch linksseitig vor dem Bad befand. Dieser Raum war etwas abgedunkelt. Jedenfalls war da das Schlafzimmer und ich sah jemanden rücklings auf dem Bett liegen. Nun war die Situation eindeutig. Ich drehte mich zu Frau T. um und wollte wohl etwas zu ihr sagen. Das brauchte ich aber nicht mehr. Sie sah mir wohl an meinem Gesichtsausdruck an, was ich gesehen hatte, fing an zu schreien und rannte die Treppe runter. Meine Frau setzte ihr nach und fing sie draußen vor der Tür ab, wo sie sich bemühte, auf Frau T. beruhigend einzuwirken.

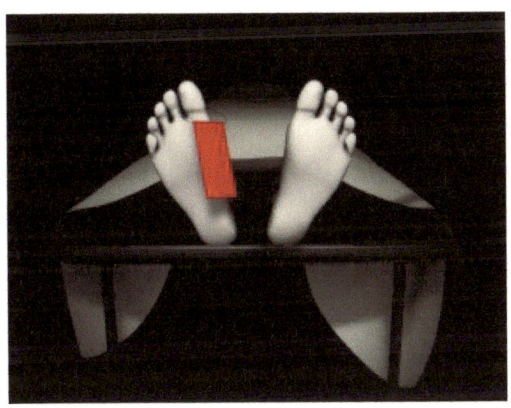

Ich nahm mein Handy, wählte die 110 und erklärte der Person am anderen Ende der Leitung, dass ich soeben auf eine ältere Leiche gestoßen war. Man fragte mich noch, ob ich schon die Feuerwehr verständigt hätte, was ich verneinte.

Nach gefühlten 10 Minuten traf ein Notarztwagen der Feuerwehr ein, der zuvor von der Polizei angefordert worden war. So traurig wie die Situation auch war, musste ich mir fast ein Lächeln verkneifen, als ich dem Notarzt mit seinem Beatmungsgerät in der Hand gegenüberstand.

Ich wollte erst sagen, das können Sie sich sparen. Aber auch diese Leute handeln nach Vorschrift, denn ich kann und darf nun mal keinen Tod feststellen und schon gar nicht bescheinigen. Also ließ ich ihn kommentarlos gewähren. Ich führte ihn noch in die 1. Etage bis zur Wohnung, die ich jetzt aber erst einmal nicht mehr betrat. Wenige Minuten später traf auch die Bereitschaftspolizei ein. Sie befragten mich, wie ich die Leiche gefunden hatte. Und noch etwas später kam auch die Kriminalpolizei von der Mordkommission dazu. Sie befragten mich noch einmal zum Auffinden der Leiche. Haargenau erklärte ich meinen Auftrag zur Türöffnung und dass mich Frau T. gebeten hatte, vor ihr einmal durch die Wohnung zu gehen, weil sie Bedenken hatte, dass ihrem Mann etwas zugestoßen sein könnte.

Da war ich erstmals richtig sauer auf die Polizei, denn die Äußerung des Beamten war verdammt arrogant und abwertend mir gegenüber. Ich kann es nicht mehr wortwörtlich wiedergeben, aber sinngemäß kam von ihm, da ich ja kein Beamter wäre, fände er es nicht angemessen, wenn ich alleine durch die Wohnung ginge. Es hörte sich für mich so an, als wenn er mir unterstellen wollte, dass ich etwas hätte stehlen wollen. Später habe ich mich auch darüber mit meinem Freund, einem Rechtsanwalt, unterhalten. Auch er fand es sehr anmaßend und abwertend, als wenn man automatisch ein Ganove sei, wenn man kein Beamter sei.

Aber dafür habe ich eben dieses Buch geschrieben, um auch mal ein wenig Frust und Ärger abzulassen.

Zum Glück sind das aber nur Ausnahmen, dass man auf solche Beamte trifft, denn es gibt auch andere, die nett und freundlich und immer zu ein paar persönlichen Worten bereit sind.

Eigentlich schade, dass man nicht erfährt, wie so eine Situation endet. Ich meine damit, dass ich nie erfahren habe, warum ihr Mann da tot auf dem Bett lag. War es Mord, Selbstmord oder war er eines natürlichen Todes gestorben?

Aus der Unterhaltung, die ich zuvor mit der Kundin hatte, kann ich nur mutmaßen, dass sie wohl einen Ehestreit hatten und er sie geschlagen hatte. Daraufhin kam sie wohl ins Krankenhaus. Wahrscheinlich tat ihm das alles so leid, dass er anschließend eine Selbsttötung begangen haben muss. Aber wie schon gesagt, es ist nur eine Vermutung von mir.

Die Schlafwandlerin

Mal wieder Wochenende. Die Nacht von Samstag auf Sonntag, etwa 3:00 Uhr. Das Telefon riss mich aus dem Tiefschlaf.

„Ja bitte", meldete ich mich verschlafen.

„Hier ist Frau Müller am Apparat. Sie haben doch einen Schlüsseldienst?", fragte mich eine Frauenstimme.

Mürrisch und verschlafen knurrte ich: „Ja natürlich."

„Meine Nachbarin, die Frau Gärtner, braucht dringend Ihre Hilfe. Sie ist Schlafwandlerin und hat sich wohl im Schlaf ausgesperrt. Sie stand völlig verstört im Treppenhaus und wusste gar nicht, wie sie dahin gekommen war. Sie sitzt nun bei mir und kommt nicht mehr in ihre Wohnung, da sie keinen Schlüssel dabeihat."

Ich ließ mir die Adresse von ihr geben und notierte sie mir.

Frau Müller sagte noch: „Sie können bei mir anschellen. Ich öffne Ihnen dann die Haustür."

Ich bedankte mich für den Auftrag, zog mich an, meine Frau, die mich begleitete, zog sich ebenfalls an und wir begaben uns zum Auto. Die Anschrift war mir nicht geläufig und so musste ich die Straße ins Navi eingeben. Es waren nur siebeneinhalb Kilometer, die wir zu fahren hatten. Um diese Uhrzeit waren wir in ein paar Minuten vor Ort. Meine Werkzeugtasche über die Schulter gehängt, machten wir uns auf den Weg zur genannten Adresse. Wie gewünscht, schellte ich bei Frau Müller an. Sie öffnete die Haustür und ließ uns rein. Hinter Frau Müller stand eine junge Frau in einem kurzen durchsichtigen Negligé. Wie man unschwer sehen konnte, absolut nichts weiter drunter.

Meine Frau schaute mich an, an ihrem Blick sah ich, dass sie mir am liebsten die Augen verbunden hätte. Aber mit verbundenen Augen kann man nun mal nicht arbeiten.

Jetzt fand Frau Gärtner auch Worte und sagte: „Wir müssen noch zwei Etagen hoch. Ich bin Schlafwandlerin und weiß absolut nicht, wie ich ins Treppenhaus gelangt bin. Ich weiß nur, ich stand auf einmal im Treppenhaus ohne Schlüssel vor meiner verschlossenen Wohnungstür. Zum Glück habe ich zu meiner Nachbarin, der Frau Müller, ein gutes, ja fast freundschaftliches Verhältnis."

„Ja, gute Nachbarschaft ist eigentlich unbezahlbar, wenn man in Not ist", erwiderte ich.

Frau Gärtner knipste das Treppenhauslicht an, das nun schon ausgegangen war. Dann setzte sie sich in Bewegung. Zu meinem Erstaunen stolzierte die fast nackte Frau vor mir

her. Provokativ bückte sie sich noch und hob einen Papier-
schnipsel von der Treppe auf, der dort lag. Dabei zeigte sie
von hinten noch einmal alles, was sie so zu bieten hatte. Ich
sah, dass meine Frau nach Luft schnappte und gerade etwas
sagen wollte, doch ich kam ihr zuvor, stieß sie an und gab
ihr mit Handzeichen zu verstehen, dass sie den Mund halten und nichts sagen möge. Zum Glück hielt sie sich zurück
und so kam ich dann auf meine Kosten. Schade, dass wir
nur zwei Etagen nach oben mussten. Ich wäre auch gerne
ein paar Etagen höher gelaufen. Bei diesem Anblick wurde
ich natürlich nicht müde. (Ein kleiner Scherz von mir.)

Oben angekommen, öffnete ich ohne Verzögerung in
wenigen Minuten die Tür. Wir wurden in die Wohnung
hineingebeten, damit ich an ihrem Wohnzimmertisch die
Rechnung schreiben konnte. Ich schrieb die Rechnung wie
üblich mit Nachtzuschlag und kassierte mein Honorar.
Meine Frau ging vorweg wieder die Treppe Richtung Aus-
gang hinunter. Ich hängte meine Werkzeugtasche über die
Schulter und reichte Frau Gärtner zum Verabschieden die
Hand. Sie drückte meine Hand in einer ganz besonderen
Weise, schaute an mir vorbei in Richtung Tür, um zu sehen,
ob meine Frau schon aus dem Blickfeld verschwunden war

und flüsterte mir zu: „Schade, dass du deine Frau mitgebracht hast."

Das ging runter wie Öl, denn auch als Mann hört man so etwas schon mal ganz gerne. Ich zog die Augenbrauen hoch und flüsterte: „Kann man nichts machen." Es war aber nur eine Höflichkeitsfloskel von mir, denn auch alleine hätte ich mich auf nichts Weiteres eingelassen.

An der Haustür hatte ich meine Frau wieder eingeholt und so gingen wir gemeinsam zurück zum Fahrzeug. Meine Frau hatte erstmal wieder genügend Gesprächsstoff.

Das sind die angenehmen sowie lustigen Aufträge, die einem als Schlüsselnotdienstler so unterkommen und die man weder vergisst noch vergessen möchte.

Alt, dement und unbelehrbar

In dieser Geschichte geht es um ein unangenehmes Thema, alt – dement – uneinsichtig.

Frau Dünn, eine ältere Dame von etwa 80 Jahren, betrat meinen Laden und setzte mir auseinander, dass sie sich in ihrer Wohnung nicht mehr sicher fühle. Wenn sie nicht anwesend sei, würden ihr Sachen entwendet oder in der Wohnung versteckt.

„Frau Dünn, wer hat denn außer Ihnen noch Schlüssel zu Ihrer Wohnung?", fragte ich sie.

„Niemand außer mir", gab sie spontan zur Antwort.

Dann legte sie los. „Die Polizei hatte ich auch schon da. Ich habe es auch schon zur Anzeige gebracht. Die können mir auch nicht helfen und haben mir zu einem guten Sicherheitsschloss geraten. Deshalb bin ich hier. Können Sie mir ein gutes Schloss einbauen, dass außer mir wirklich niemand mehr unbemerkt in meine Wohnung kann?"

„Natürlich, dafür sind wir da. Das ist unser Aufgabengebiet, ich möchte behaupten, unser Schwerpunkt ist der Einbruchschutz."

Ich zeigte ihr verschiedene Schließzylinder mit Sicherheitsschlüssel und Sicherungskarte. Zudem erklärte ich ihr, dass niemand, der nicht im Besitz der Sicherungskarte ist, sich unberechtigterweise Schlüssel nachmachen lassen kann.

Sie entschied sich für ein Schweizer Modell, Kosten-punkt 148,00 € ohne Einbau und Montage.

Ich fuhr noch am gleichen Abend zu ihr, nahm Maß und baute ihr dann diesen hochwertigen Profilzylinder ein. Üb-rigens, die Mehrheit der Leute sprechen immer von Schloss, meinen aber in Wirklichkeit den Profilzylinder. In Wahrheit sind es aber zwei verschiedene Komponenten. Das Schloss ist das Teil, das die Falle, im Volksmund auch Schnapper genannt und den Riegel beherbergen. Der Riegel ist das Teil im Schloss, das ausfährt und die Tür endgültig verriegelt, wenn Sie mit dem Schlüssel die Tür abschließen.

„So, Frau Dünn, nun ist Ihre Wohnung sicher. Wenn Sie auf Ihre Schlüssel und die Sicherungskarte gut aufpassen, kann ohne ihr Wissen wirklich niemand mehr in Ihre Wohnung." Mit diesen tröstenden Worten überreichte ich ihr die Schlüssel, Sicherungskarte und natürlich die Rechnung. Den Betrag wollte sie unbedingt per Banküberweisung begleichen. Drei Tage später hatte ich auch das Geld auf meinem Konto und der Fall geriet in Vergessenheit, bis nach drei Wochen Frau Dünn ganz aufgebracht in meinen Laden stürmte und mich anschrie. „Von Ihnen hätte ich das nicht gedacht, dass Sie mich auch betrügen!"

„Wie bitte, was meinen Sie damit, Frau Dünn? Ich betrüge nicht, das kann ich mir gar nicht erlauben. Ich habe meine gute Reputation zu verlieren, mein Geschäft ist seit Jahren ortsansässig und jetzt kommen Sie und beschuldigen mich, ich hätte Sie betrogen. Haben Sie mal geschaut, was diese Profilzylinder woanders kosten?"

„Ich moniere nicht den Preis, es geht immer noch irgendjemand bei mir in der Wohnung ein und aus, wenn ich nicht da bin. Meine Strümpfe wurden in der Waschmaschine in die Waschpulveraufnahme gesteckt. Mein Eierkocher hat eine andere Farbe bekommen, die Küchenschranktüren sind ausgetauscht worden. Meine Geldkassette mit 8.000,00 € stand auf einmal unter meinem Bett anstatt im Schrank."

Jetzt wurde ich hellhörig. Anstatt sie meines Ladens zu verweisen, weil sie mich ja bezichtigte, ein Betrüger zu sein, ging ich beruhigend auf die Frau und ihre Beschuldigungen ein.

„Liebe Frau Dünn, überlegen Sie mal, wenn jemand in Ihre Wohnung ginge und hätte auch noch Ihr Bargeld gefunden, würde er sich doch garantiert mit dem Geld aus dem Staub machen und nicht nur Schabernack mit Ihnen treiben. Zuerst möchte ich Sie bitten, dass Sie ihr Bargeld nicht mehr zu Hause aufbewahren, sondern es zur Bank bringen. Erzählen Sie nicht so lautstark, dass Sie im Besitz von einer relativ großen Menge Bargeld sind. Damit locken Sie wirklich nachher noch Ganoven an. Wenn Sie es wünschen, komm ich nochmals bei Ihnen vorbei, dann schau ich mir mit Ihnen zusammen nochmals die Begebenheiten an."

Sie wirkte jetzt sehr ruhig auf mich und nahm mein Angebot an. So befand ich mich dann am Abend wieder bei ihr in der Wohnung. Ich inspizierte das Schloss, das Schließblech und den Schließzylinder. Ja, ich sah mir sogar die Fenster an, ob jemand auf diesem Wege in die Wohnung eingestiegen war. Wir befanden uns zwar in der ersten

Etage, aber mit einer Kletterhilfe überwinden manche Ganoven auch mehrere Stockwerke.

Dann kam Frau Dünn mit ihrer Geldkassette und zeigte voller Stolz ihre 8.000,00 €. Ich ermahnte sie nochmals, das Geld nicht im Haus aufzubewahren, doch was tat sie? Sie holte eine Schmuckschatulle aus dem Wohnzimmerschrank und präsentierte mir den Inhalt mit leuchtenden Augen.

Ich konnte nur noch die Hände über dem Kopf zusammenschlagen und sie bitten, nicht mehr damit anzugeben und die Sachen woanders zu sichern. Dann zeigte sie mir ihren angeblich ausgetauschten Eierkocher, der unterhalb eine andere Farbe hätte als der Rest des Kochers. Ich schaute mir den Kocher an und wusste auch sofort, was sie meinte.

„Frau Dünn, ist doch ganz logisch, dass der Kocher im Laufe der Zeit unterhalb ausbleicht, denn unten im Gehäuse sitzt die Heizspirale, somit verbleicht der Eierkocher natürlich unten mehr als oben."

Auch zu ihren Küchenschranktüren hatte ich eine logische Erklärung. „Sehen Sie mal, Frau Dünn, das ist einfach nur der ungünstige Lichteinfall vom Fenster her."

Sie blickte mich ungläubig an und kam mit Gegenargumenten. „Aber wie kommen meine Strümpfe denn in die Waschpulveraufnahme der Waschmaschine?"

„Die haben sie bestimmt im Stress selbst da hineingestopft", konterte ich.

Jetzt wurde sie schon wieder lauter. „Ich bin doch nicht senil!"

Ich gab keine Antwort darauf und fragte stattdessen, was sie denn von mir erwarte.

„Bauen Sie mir einfach nochmal andere Profilzylinder ein und gehen Sie mit mir zur Polizei und bestätigen Sie, dass immer fremde Leute in meine Wohnung kommen."

„Frau Dünn, jetzt sind wir wieder am Anfang, so kommen wir nicht weiter. Zur Polizei werde ich bestimmt nicht mit Ihnen gehen. Aber ich habe eine Idee, ich bau Ihnen eine versteckte Kamera auf, die sich in einem Buch befindet. Die sieht niemand und die schaltet sich auf Bewegung ein und nimmt alles auf, was sich in der Wohnung tut, wenn Sie nicht da sind. Ich nehme für eine Woche eine Leihgebühr von 50,00 €. Nach einer Woche werten wir dann zusammen die Aufnahmen aus."

Von der Idee begeistert, stimmte sie zu. „Aber ich möchte trotzdem bitte noch einmal den Schließzylinder in der Türe gewechselt haben."

Für ein paar Euro nahm ich den alten Schließzylinder mit Sicherungskarte und den dazugehörigen Schlüsseln zurück. Anschließend baute ich ihr einen neuen anderen gleichwertigen Profilzylinder ein. Dann holte ich noch die Kamera, wies sie in die Handhabung ein und fuhr nach Hause.

Nach einer Woche rief ich Frau Dünn an und bat um einen Termin, damit ich mit ihr die Aufnahmen auswerten konnte und meine Kamera wieder zurückbekam. Wir vereinbarten einen Zeitpunkt für die Abendstunden. Bei ihr angekommen, moserte sie mich sofort an.

„Jemand hat aus der Spülmaschine das Geschirr entnommen und einfach wieder ins Waschbecken gestellt."

Kopfschüttelnd packte ich meinen Laptop aus, entnahm der versteckten Kamera die Speicherkarte und führte sie dem Laptop zu. Peinlich wurde es, als ich Frau Dünn nun ständig nackt durch die Wohnung laufen sah, aber das schien sie gar nicht so sehr zu interessieren.

„Ich bin nun mal eine alte Frau", sagte sie.

„Auch wenn sie noch ein wenig jünger wären, würde mich das nicht interessieren", gab ich zurück. „Ich will Ihnen nur beweisen, dass niemand außer Ihnen sich in Ihrer Wohnung aufhält oder aufgehalten hat."

Dann kam die Stelle, an der sie ihr Geschirr in das Spül-becken stellte, wo es auch stehen blieb.

„Sehen Sie, Frau Dünn, Sie haben das Geschirr selbst in die Spüle gestellt und nie in die Spülmaschine."

„Das kann nicht sein, da hat jemand den Film manipu-liert", fuhr sie mich an, dass ich zusammenzuckte. „Ich will noch einmal neue Schlösser haben, aber noch bessere."

„Frau Dünn, es gibt keine besseren Schließzylinder, se-hen Sie es doch einfach ein, dass Sie alles selbst inszenieren und das Ganze nur auf Einbildung beruht."

Daraufhin schmiss sie mich förmlich aus ihrer Wohnung. So packte ich dann meine Sachen ein und verzichtete sogar auf meine Leihgebühr für die Kamera und weitere entstan-dene Kosten, wie Anfahrt und Zeitaufwand. Dann verließ ich mit einem dicken Seufzer ihre Wohnung.

Etwa sechs Wochen später betritt Frau Dünn wieder mei-nen Laden, mit den Worten. „Bitte, Sie müssen mir noch einmal alle Schlösser austauschen. Ich habe, nachdem Sie damals gegangen sind, mich an Ihren Konkurrenten ge-wandt. Die haben mir alle Fenster abgesichert und einen Querriegel an die Eingangstür geschraubt. Die müssen je-mandem einen Zweitschlüssel gegeben haben, der unbe-merkt in meine Wohnung kommt und mir immer wieder

Streiche spielt, indem er meine Sachen versteckt. Ich hatte zwischenzeitlich auch schon zweimal die Polizei bestellt und Anzeige gegen ihren Mitbestreiter erstattet. Die glauben mir wohl auch nicht."

Liebe Leserinnen und Leser, diese ältere Dame raubte mir wirklich den Verstand. Wenn es die Polizei nicht einmal schafft, die Frau unter Betreuung zu stellen oder eine andere Maßnahme zu ergreifen, was soll ich da machen?

Schweren Herzens habe ich sie dann freundlich gebeten, den Laden zu verlassen und habe ihr geraten, die Sachen, die ihr so widerfahren sind, mit einem Arzt zu besprechen. Die ganze Angelegenheit liegt nun schon einige Zeit zurück und ich habe nichts mehr von ihr gehört.

Es ist nicht gelogen oder übertrieben, aber ich habe im Laufe meiner Zeit, in der ich als Sicherheitstechniker und Schlüsseldienst arbeite, wenigstens noch sechs weitere Kunden, bei denen die Lage ähnlich ist. Ich sehe es aber nicht als meine Aufgabe an, mich bei diesen Menschen noch weiter einzumischen. Ich werde mich auch jetzt nicht weiter dazu äußern und schließe hiermit die leider wahre Geschichte mit einem mulmigen Gefühl ab.

Sturz vom Dach

Samstagnachmittag, ich wollte gerade mein Geschäft schließen, als ein Ehepaar um die sechzig Jahre alt meinen Laden betrat.

„Guten Tag, wir benötigen einen Schlüsseldienst für eine Türöffnung. Unser Anliegen mag auf Sie vielleicht etwas seltsam wirken. Aber wir müssen in die Wohnung unseres Sohnes."

„Ja, haben Sie denn keinen Schlüssel von ihrem Sohn bekommen bzw. ist er nicht selbst vor Ort?" fragte ich verwundert.

Das Ehepaar machte zwar einen gefassten, aber trotzdem leicht verwirrten Eindruck auf mich.

„Wir sprechen nicht gerne darüber, aber die Situation ist folgende..."

So erzählten sie mir dann, dass ihr Sohn vor ein paar Tagen wahrscheinlich die Tür zufallen ließ. Um sich einen teuren Schlüsseldienst zu ersparen, beschloss er, über das Dach in seine Dachgeschosswohnung zu gelangen. Dabei unterlief ihm wohl ein nicht wiedergutzumachender Fehler. Er stürzte ab und lag seitdem im Krankenhaus im Koma.

Da mir der Vorfall aus den Medien bekannt war, entschloss ich mich, den Leuten zu helfen und fuhr mit ihnen zu der Wohnung, die sich nicht weit von meinem Laden entfernt befand. Ich ließ mir den Ausweis des Vaters zeigen. Außerdem kam auch noch ein Nachbar des Verunglückten hinzu und bestätigte mir, dass dies die Eltern des Verunglückten seien.

Daraufhin öffnete ich die Wohnung, kassierte mein Honorar und verschwand wieder. Leider habe ich nie in Erfahrung gebracht, ob der Verunglückte wieder genesen ist.

Im Nachhinein muss ich gestehen, dass ich hier nicht ganz vorschriftsmäßig gehandelt habe. Ich denke, ich hätte doch die Polizei dazu holen müssen. Aber auch ich bin nur ein Mensch, handele manchmal nach Gefühl und lass auch schon mal Fünfe gerade sein.

Stoßdämpfertest

Anfang der 1970er Jahre

Ich weiß nicht mehr so ganz genau, war ich im ersten oder im zweiten Lehrjahr, als ein flapsiger Kunde zu uns in die Kfz-Werkstatt kam. Viel Blabla und nichts dahinter. Das erkannte sogar ich mit meinen 15 oder 16 Jahren schon, der ja selbst noch nicht viel an Menschenkenntnis erworben hatte. Ich sah, wie mein Chef ein paarmal die Augen verdrehte und sich nicht anmerken lassen wollte, wie bescheuert er den Kunden fand. Kunde ist halt Kunde und bringt für gewöhnlich Geld. So rief mich mein Chef dazu und sagte: „Nimm schon einmal die Stoßdämpfer aus dem Kofferraum des Fahrzeugs und lege sie in die Werkstatt. Ich fahre dir gleich das Fahrzeug auf die Hebebühne, dann kannst du die Stoßdämpfer wechseln.“

Es wunderte mich, dass der Kunde selbst neue Stoßdämpfer mitgebracht hatte. Aber das ging mich ja nichts an.
Ich war Lehrling (heute Azubi genannt) und gehorchte,
ohne nachzufragen.

So holte ich die Stoßdämpfer, platzierte sie auf der Werkbank und öffnete das Werkstatttor, sodass der Chef das
Fahrzeug, einen alten Opel Admiral, auf die Hebebühne
fahren konnte.

Nach einiger Zeit spähte ich vorsichtig um die Ecke, um
herauszufinden, wo mein Chef denn blieb. Der wurde noch
von dem Dummschwätzer in Beschlag genommen. Der
Kunde, ich nenne ihn mal Hansmeier, gestikulierte immer
noch mit Händen und Füßen und natürlich auch mit Worten, was für ein toller Hecht er sei. Da sie nicht gerade leise
sprachen, bekam ich auch ein paar Wortfetzen mit.

Ohne ihn laufe auf seiner Arbeitsstelle nichts. Er habe für alles die Verantwortung. Er habe Prokura. Was ist das denn, dachte ich mit meinen unerfahrenen jungen Jahren und schrieb mir das Wort einmal auf, um abends zu Hause in einem Lexikon nachzuschlagen. Endlich ging er von dannen, natürlich zu einem Taxi, das er sich von meiner Chefin hatte bestellen lassen. Selbstverständlich stieg er nicht sofort ein, nein, zu wenig Leute hätten ja gesehen, dass der große Mann nicht mit Bus und Bahn fahren kann, sondern sich mit einem Taxi chauffieren ließ. So stand er dann neben dem Taxi, die Beifahrertür auf und schrie aus voller Kehle meinem Chef zu, dass sich der Fahrzeugschein unter der Sonnenblende auf der Beifahrerseite befindet. Nachdem sie ihn nun alle gesehen und gehört hatten, auch Mitarbeiter unserer Nachbarfirmen, setzte er sich endlich ins Taxi und ließ sich wohin auch immer chauffieren.

Wieder Ruhe auf unserem Gelände. Und so machte ich mich dann unter Anweisung eines Gesellen an die Arbeit und wechselte die angelieferten Stoßdämpfer aus. Danach stellte der Geselle das Fahrzeug nach einer ausgiebigen Probefahrt zur Abholung auf den Betriebshof bereit.

Kurz vor Feierabend hörte ich schon wieder laute Stimmen vom Betriebsgelände. Natürlich wieder von Herrn

Hansmeier, der sich wohl von einem Freund oder Verwandten hatte bringen lassen, um sein Fahrzeug wieder in Besitz zu nehmen. Aber das ging mich ja alles nichts an, ich war hier, um zu lernen. Dass ich nicht nur das Arbeiten an Fahrzeugen lernen würde, war mir eigentlich nicht bewusst. Man lernt immer auch heute noch und wahrscheinlich bis zum Tode.

Intuitiv war mir dieser Hansmeier sehr unangenehm aufgefallen. Wahrscheinlich weil ich noch sehr jung und lebensunerfahren war, hatte ich Folgendes noch im Gedächtnis:

Die Werkstatttür flog auf und dieser Hansmeier stand vor mir. Liebe Leserinnen und Leser, diejenigen unter Ihnen, die mittlerweile schon ein wenig älter geworden sind, können sich bestimmt noch an die Zigarettenwerbung für HB erinnern. Das bekannte HB-Männchen mit dem Spruch: „Halt, gehe nicht in die Luft, greife lieber zur HB." Genau so stand Hansmeier vor mir, fuchtelte mit seinen Händen vor meinem Gesicht, sprang dabei immer fast einen halben Meter in die Luft und schrie: „Du hast mich betrogen, du hast mir alte Stoßdämpfer eingebaut. Wo sind meine neuen Stoßdämpfer?"

Ich wusste nicht, wie mir geschah. Ich konnte nur noch fliehen, fliehen ins Büro zur Chefin. Leider war der Chef unterwegs, er holte gerade Ersatzteile. „Chefin, Chefin!", rief ich total verstört und ängstlich.

„Was ist los?", fragte sie mich sichtlich irritiert.

Kurz und hastig konnte ich ihr noch im Groben stotternd erzählen, dass mich der verrückte Kunde Herr Hansmeier bedrohe. Und dann hatte die Bedrohung mich eingeholt und somit auch schon das Büro erreicht.

Die Chefin wirkte sehr deeskalierend und versuchte mit dem Monster (also Herrn Hansmeier) eine klare vernünftige Unterhaltung zu führen. Was aber kaum gelang. Er fuchtelte mit irgendeinem Wisch herum und schrie immer wieder: „Ihr habt mich betrogen, ihr habt mir alte Stoßdämpfer eingebaut."

Die Chefin gab mir zu verstehen, dass ich erst einmal zurück in die Werkstatt gehen sollte. Heilfroh, aber am ganzen Körper zitternd, stürmte ich nun Richtung Werkstatt, als auch gerade der Chef von seinen Ersatzteilkäufen zurückkam.

Er fing mich draußen ab und so konnte ich ihm erzählen, was sich gerade im Büro abspielte.

Ich verdrückte mich dann fürs Erste in die Werkstatt. Das Toben und laute Wortgefecht konnten wir bis in die Werkstatt wahrnehmen. Natürlich fragte mich mein Altgeselle, was da los sei. So erzählte ich ihm dann, dass der verrückte Hansmeier von gestern dabei war, durchzudrehen und die Chefin und wohl jetzt auch den Chef bedrohte.

Klaus, so hieß mein Geselle, der auch zu der damaligen Zeit von uns Lehrlingen gesiezt wurde, machte sich nun auch auf zum Büro. Er sah damals so aus wie ich heute, groß und kräftig. Ich weiß nicht, wie und warum, jedenfalls war auf einmal Ruhe im Büro und ich konnte nichts mehr hören, aber dafür sehen. Denn kurz darauf kam ein Streifenwagen mit zwei Polizeibeamten. Sie stiegen aus ihrem Fahrzeug und schritten schnellen Schrittes ins Büro.

Nach einer gefühlten Ewigkeit kamen nun alle aus dem Büro heraus. Ich wagte mich wieder vorsichtig aus der Werkstatt. Als mein Chef mich sah, rief er mir zu: „Mach mal das Tor auf!"

Ich öffnete das Tor und mein Chef fuhr Hansmeiers Opel auf die Hebebühne. Das Fahrzeug wurde hochgehoben und viele Augen blickten nun im Schein einer Lampe unter das Fahrzeug.

„Herr Hansmeier, was wollen Sie? Sind das Ihre Stoßdämpfer, die sie uns mitgebracht haben, oder nicht"? Die Polizei und Hansmeier begutachteten nun das Fahrzeug von unten und kamen zu dem eindeutigen Ergebnis, dass das neue Stoßdämpfer waren, die uns Hansmeier selbst angeliefert hatte.

Wo immer er die auch gekauft hatte, wurden ihm wahrscheinlich Billigprodukte aus China angedreht. Oder da, wo er einen Stoßdämpfertest hatte machen lassen, war das Testgerät nicht in Ordnung.

Ich weiß bis heute nicht, warum das HB-Männchen überhaupt zu einem Stoßdämpfertest gefahren war. Wahrscheinlich wollte er sich mit dem Testergebnis auf irgendeine Art und Weise bei irgendwelchen Leuten profilieren.

Jedenfalls hat das HB-Männchen von meinem damaligen Chef Hausverbot bekommen und ich hatte mal wieder etwas zum Nachschlagen im Lexikon. Was ist ein Choleriker? Denn das Wort war mehrmals im Zusammenhang mit Hansmeier gefallen.

So habe ich dann nach und nach meine Lebenserfahrungen gemacht.

Nur so am Rande erwähnt: Mein damaliger Chef erfreut sich immer noch erfreulicherweise des Lebens und ich hatte die Ehre, ihm mein erstes Buch, das ich geschrieben hatte, mit dem Titel „Achtung-Handwerker!" zu überreichen. Er ist mittlerweile 86 Jahre geworden und leider geht's ihm auch nicht besonders gut. Die Chefin ist leider schon vor etlichen Jahren verstorben.

Der Geist im Haus

Januar 2008, Samstagnacht gegen 1:00 Uhr, wurde ich per Telefon zu einem Kunden nach Gladbeck gerufen.

„Tillmann ist mein Name, entschuldigen Sie die späte Störung, aber ich brauche dringend Ihre Hilfe, ich habe nur den Abfall zur Mülltonne gebracht und nun komme ich nicht mehr in mein Haus. Können Sie mir helfen?"

„Natürlich kann ich Ihnen helfen, das ist ja mein Job", antwortete ich.

„Was meinen Sie denn damit, Sie kommen nicht mehr in Ihr Haus, haben Sie Ihren Schlüssel vergessen oder verloren?"

„Nein, ich habe meinen Schlüssel in der Hand, aber die Tür lässt sich damit nicht mehr aufschließen. Die Tür ist auch nur zugezogen, also nicht abgeschlossen."

„Klarer Fall von Fallenbruch", dachte ich, und ließ mir die Adresse von Herrn Tillmann geben, dann sagte ich: „Ich komme sofort vorbei."

Er erklärte mir den Weg mit den Worten: „Mein Haus ist eine Art Bungalow und sehr schwer zu finden, es ist ein alleinstehendes Haus in einem Waldstück."

Ich notierte mir seine Wegbeschreibung, zog mich an und machte mich auf den Weg zu ihm.

Herr Tillmann stand schon am Waldesrand und blinkte mir mit einer Taschenlampe entgegen, die er sich von einem entfernt gelegenen Nachbarn ausgeliehen hatte und von dem aus er auch mit mir telefonisch gesprochen hatte. Ich drehte das Seitenfenster am Fahrzeug herunter und begrüßte meinen neuen Kunden erst einmal. Herr Tillmann ging vor, ich folgte ihm mit meinem Wagen über einen holperigen Feldweg im Schritttempo bis zu seinem Haus.

Ich stieg aus meinem Auto, ließ mir die Schlüssel zu seinem Haus geben und machte mich sofort an die Arbeit. Nach kurzer Überprüfung sagte ich zu ihm:

„Herr Tillmann, ich bin mir sicher, dass von innen ein Schlüssel im Schließzylinder steckt und die Türe von innen verschlossen wurde."

„Das kann ja gar nicht sein, ich wohne doch hier ganz alleine", sagte er aufgebracht.

Ich ließ mich nicht beirren und suchte nun nach einer anderen Einstiegsmöglichkeit ins Haus. Dann fragte ich ihn: „Herr Tillmann, haben Sie irgendwo einen Hintereingang zum Haus oder ein Fenster offenstehen, durch das ich ins

Haus gelangen könnte, ohne Ihnen den Türzylinder zu zerstören?"

Er verneinte meine Frage. Ich glaubte ihm aber nicht und ging einmal um das ganze Haus herum, um mir selber einen Eindruck von den baulichen Eigenschaften des Gebäudes zu machen. Ich drückte gegen alle Fenster, ob vielleicht nicht doch eines unverschlossen war. Mein Kunde hatte recht, alle Fenster waren fest verschlossen und einen Hintereingang gab es auch nicht.

Ein schlimmer Verdacht keimte in mir und so sagte ich zu ihm: „Herr Tillmann, wenn Sie hier wirklich alleine wohnen, dann seien Sie jetzt auf das Schlimmste gefasst. Denn die Türe ist definitiv von innen verschlossen worden. Ich vermute, dass Ihnen aufgelauert wurde und als Sie zu der Mülltonne gingen, ist jemand unbemerkt ins Haus gehuscht und hat sich dort eingeschlossen."

„Das würde ja bedeuten, er müsste sich dann noch im Haus befinden", schlussfolgerte er.

„So sehe ich das auch", sagte ich.

Mit einem unguten Gefühl machte ich mich nun an die Arbeit. Ich zog den Schließzylinder aus dem Schloss und schloss die Türe mit einem Spezialschlüssel auf. Natürlich hatte ich recht, die Türe war verschlossen und in dem nun von mir gebrochenen Zylinder steckte von der Innenseite ein weiterer Schlüssel. Da die Fenster aber verschlossen waren und es keinen Hinterausgang gab, musste sich folglich noch jemand in dem Haus befinden.

In meiner Hosentasche befand sich ein Fläschchen mit Reizgas, das ich nachts immer griffbereit halte. Unauffällig zog ich es aus der Hosentasche und hielt es verborgen vor dem Blick von Herrn Tillmann griffbereit in meiner Hand.

Vorsichtig und schleichend, als sei er selbst ein Einbrecher, ging Herr Tillmann von mir gefolgt in sein Haus. Wir durchsuchten alle möglichen Ecken und Winkel der Räumlichkeiten, wo sich jemand hätte verstecken können. Doch zu meiner Erleichterung und zu meinem Erstaunen befand sich niemand außer uns im Haus. Unauffällig ließ ich das Reizgasfläschchen wieder in der Hosentasche verschwinden. Dann machte ich mich an die Arbeit und baute Herrn Tillmann einen neuen Schließzylinder ein. Als ich fertig war, schrieb ich die Rechnung und übergab ihm die neuen Schlüssel. Als ich mich von ihm verabschiedete, mahnte ich ihn noch einmal zur Vorsicht und fragte, ob er nicht vielleicht doch noch eine Ecke in seinem Haus übersehen hatte, wo sich eventuell jemand versteckt hielt. Er war sich sicher, alles richtig überprüft zu haben.

Mit einem sehr unguten Gefühl machte ich mich dann endlich auf den Heimweg.

Zwei Tage später stand Herr Tillmann in meinem Laden. Ich rechnete nun mit einer Story von ihm, über Einbrecher, die wir doch übersehen hatten oder irgendetwas ähnlich Aufregendes, doch Herr Tillmann wollte nur einen weiteren Schlüssel für seinen guten Nachbarn nachgemacht haben. Wir sprachen noch einmal ausführlich über den Vorfall und kamen zu keinem Ergebnis, wer oder was die Türe von innen verschlossen hatte.

Wenn ich an Geister glauben würde, würde ich jetzt behaupten, es war ein Geist im Haus.

Auch diese Geschichte habe ich persönlich so erlebt.

Fast verhaftet

Freitagabend, etwa 20:00 Uhr bekam ich einen Anruf, getätigt von einer Pizzeria. „Hallo, hier ist Jovanni, Pizzeria auf der R...Str. 118. Ich habe hier einen Kunden, der hat versehentlich seine Autotüren verschlossen und kommt nun nicht mehr in sein Fahrzeug."

„Um was für ein Fahrzeug handelt es sich?", fragte ich den Pizzabäcker.

Er fragte den Kunden und sagte dann zu mir:

„Es ist ein ganz neuer 7er BMW, ein Leihwagen." Außerdem sei der Kunde aus München.

„Oh je, ich glaube nicht, dass ich den öffnen kann", erwiderte ich.

Bis jetzt hatte ich nämlich noch keinen neueren BMW öffnen müssen. Somit war das für mich Neuland. Ich lehnte den Auftrag erst einmal ab. Doch nach vielem Betteln des Kunden ließ ich mich dann doch dazu überreden, vorbeizukommen und zumindest zu versuchen, den Wagen wieder zu öffnen. Allerdings unter der Prämisse, dass ich im Erfolgsfall eine Entlohnung von 95,- € bekäme. Und wenn ich das Fahrzeug nicht öffnen könnte, würde ich gar nichts berechnen und einfach wieder abfahren. Dann müsse er eben selbst dafür sorgen, wie es weitergeht. Alternativ könne er ja versuchen, den ADAC zu verständigen, denn die öffnen manchmal auch Fahrzeuge. Er verneinte meinen Ratschlag mit der Begründung, er sei kein ADAC-Mitglied. Als weitere Möglichkeit machte ich ihm noch den Vorschlag, das Fahrzeug einfach stehen zu lassen, in einem Hotel zu übernachten, sich dann mit dem Autoverleiher in München in Verbindung zu setzen und per Express den Zweitschlüssel senden zu lassen.

Diese Möglichkeit kam für ihn in Betracht für den Fall, dass ich den Wagen nicht aufbekomme.

Also fuhr ich los, wie üblich begleitete mich meine Frau zu den spätstündlichen Aufträgen. Wir trafen nach etwa 30 Min. vor der Pizzeria ein. Ich hatte noch Glück, dass ich einen ordentlichen Parkplatz fast direkt vor der Pizzeria bekam. Das ist an einem Freitag in den Abendstunden dort nämlich nicht so einfach, da es sich um eine Schickimicki-Gegend handelt. Zwischen dem Fahrzeug, das ich öffnen sollte und meinem standen nur zwei weitere Fahrzeuge. Freundlich betrat ich die Pizzeria und fragte den Betreiber nach dem BMW-Fahrer, der festsaß. Der Kunde saß an einem Tisch und hatte meine Frage mitbekommen. Er rief mir sofort zu: „Ich komme sofort." Also ging ich wieder raus und wartetet kurz vor der Tür, bis der Kunde kam.

Er gab mir die Hand und stellte sich als Herr T. vor.

Ich inspizierte das Fahrzeug, indem ich zuerst mit einer Taschenlampe durch die verschlossenen Scheiben leuchtete und mir die Verschlusstechnik ansah. Vergebens suchte ich nach einem Verriegelungsknopf, den man mit einem Spezialwerkzeug eventuell hätte hochhebeln können. Dann sagte ich ihm: „Die einzige Möglichkeit, die eventuell in Betracht käme, ist die, dass ich mir oberhalb der Türe mit einem Luftdruckkissen ein wenig Platz verschaffe und dann über die kleine Öffnung mit einem Spezialgestänge versuchen werde, einen der innenliegenden Türgriffe zu betätigen." Er stimmte zu und so holte ich aus meinem Fahrzeug die Spezialwerkzeuge. Nun machte ich mich an die Arbeit.

Es dauerte nicht lange, als ein VW-Bus mit kreischenden Reifen angeschossen kam und direkt hinter dem BMW stoppte. Die Türen flogen auf, mehrere uniformierte Polizeibeamte sprangen aus dem Wagen, die Hände jeweils an der Knarre und schrien: „Halt Polizei, nicht bewegen, die Hände aufs Dach!"

Selten im Leben war ich so erschrocken wie da. Ich glaube, meine Frau stand noch mehr Ängste aus, denn sie stand mit dem Rücken zur Hauswand gelehnt, trotz der späten Stunde konnte ich sehen, dass sie vor Schreck kreideweiß geworden war.

Nach der ersten Schrecksekunde sagte ich zu dem Polizisten, der mir am nächsten stand: „Nun mal langsam", zeigte auf mein Fahrzeug, das ja sichtbar in unmittelbarer Nähe mit geöffneter Hecktür stand, auf der mit großen Buchstaben für jedermann sichtbar, **„Schlüsselnotdienst"** zu lesen war. Er verharrte einen Moment und gab den anderen zu verstehen, mal einen Gang runterzuschalten. Dann fragte er mich, was ich an dem Fahrzeug mache. Ich zeigte auf den vermeintlichen Besitzer und murmelte: „Der hat seinen Schlüssel im Kofferraum gelassen und die Türen sind versperrt. Wie Sie ja sehen, steht dort mein Fahrzeug. Ich bin nämlich vom Schlüsselnotdienst und versuche eben das Fahrzeug hier zu öffnen."

„Haben Sie sich denn die Fahrzeugpapiere zeigen lassen?", fragte der Beamte mich.

„Nein, noch nicht", antwortete ich, „denn die Papiere sollen sich ja ebenfalls im Fahrzeug befinden. Und die hätte ich mir schon noch zeigen lassen, wenn ich das Ding bloß aufbekäme."

Nun wandte er sich dem Besitzer zu und fing mit ihm eine Unterhaltung an. Auch die anderen Polizeibeamten mischten sich nun mit ins Gespräch. Jeder sprach mit jedem, so entstand eine wilde Unterhaltung, in der jeder versuchte, noch ein Späßchen zu machen. Es wurde richtig lustig. Dann sagte mir einer der Uniformierten: „Sie wurden von einem Mann aus der Nachbarschaft beobachtet und der hat uns informiert und behauptet, hier würde jemand ein Auto klauen."

„Da will sich garantiert nur jemand wichtigtun", erwiderte ich. „Der hockt bestimmt am Fenster, versteckt hinter seiner Gardine, beobachtet das Geschehen und freut sich darüber, mal etwas zu erleben."

„Das denke ich auch", sagte mein Gegenüber.

Meine Frau hatte ihre Gesichtsfarbe zurückerlangt und gesellte sich nun zu uns. Ich bemühte mich noch ein wenig das Auto zu öffnen, was die Polizisten amüsierte, da es mir nicht gelang.

„Soll ich ihnen helfen?", fragte mich der Redeführer noch und griff zu seinem Schlagstock, den er am Gürtel hängen hatte, holte aus und tat, als wolle er die Seitenscheibe einschlagen.

Jedenfalls habe ich das Fahrzeug nicht aufbekommen, was mich zwar innerlich sehr nervte. Aber hier war ich halt auch mal an meine Grenzen gestoßen und habe daraus gelernt. Es gibt allerdings ein Spezialwerkzeug, mit dem kann man diese Autos öffnen, indem man den Schlüsselcode ausliest und sofort im Steckkastensystem einen neuen Notschlüssel erstellen kann. Aber es ist mir zu teuer, mir dieses Spezialwerkzeug zuzulegen. Das würde sich bei mir bestimmt nicht amortisieren.

Jedenfalls war das mal wieder ein Einsatz, den man bestimmt nicht mehr vergisst.

Nächtliche Öffnung einer Trinkhalle

Ein Anruf am Nachmittag in meinem Laden.

„Ich habe eine außergewöhnliche Bitte, ich müsste heute Abend um 23:30 Uhr eine Trinkhalle geöffnet haben."

Mir stockte fast der Atem, aber ich hörte dem Kunden erst einmal zu.

Er fuhr mit seiner Schilderung fort. „Ich selbst arbeite beim Wachdienst, meine Freundin hat eine Trinkhalle übernommen. Allerdings hat der Vorpächter vergessen, ihr die Schlüssel zu übergeben. Der Vorpächter ist auch kurzfristig nicht zu erreichen, da er über 500 km entfernt wohnt. Meine Freundin möchte aber morgen früh die Trinkhalle eröffnen, dazu benötigt sie ein neues Schloss mit neuen Schlüsseln. Sie selbst kann auch nicht früher an der Trinkhalle sein, und ich habe bis 23:00 Uhr Dienst. Deswegen möchte ich Sie bitten, auch zu dieser ungewöhnlichen Zeit eine Öffnung der Trinkhalle mit anschließendem Austausch des Profilzylinders vorzunehmen."

„Ihre Geschichte hört sich so unglaubwürdig an, dass sie mir wiederum schon glaubwürdig erscheint", sagte ich ihm. „Okay, treffen wir uns um 23:30 Uhr vor Ort. Allerdings werde ich die Polizei anrufen und sie um eine Personenkontrolle bitten. Das müssen Sie verstehen, dass ich mich da absichern muss. Was glauben Sie, wie schnell die Leute in der Nachbarschaft die Polizei verständigen, wenn die hören, dass des Nachts sich jemand an der Trinkhalle zu schaffen macht."

„Kein Problem", bestätigte er mir, gab mir die Adresse durch und legte auf.

Gegen 23:00 Uhr machten wir uns auf den Weg. Wie so oft bei nächtlichen Einsätzen begleitete mich meine Frau. Am Auftragsort erwartete uns schon der besagte Kunde. Wir stiegen aus dem Fahrzeug und begrüßten den jungen Mann.

Ich vergewisserte mich noch einmal und fragte explizit nach. „Sie sind sich sicher, dass ich jetzt um diese Uhrzeit die Trinkhalle öffnen soll?" Er bestätigte es nochmal. „Wie am Telefon mit Ihnen abgesprochen, wissen Sie ja, dass ich zu meiner Entlastung die Polizei darüber informieren werde."

„Ist schon geschehen", sagte er. „Ich habe die Polizei schon informiert."

Misstrauisch schaute ich ihn an, aber im selben Moment kam ein Streifenwagen vorgefahren und hielt an. Zwei Beamte stiegen griesgrämig aus und kamen auf uns zu. Nach einer kurzen Begrüßung erklärte mein Kunde den Beamten den Fall. Dann kam eine meiner Meinung nach dumme Frage. „Und was sollen wir, warum haben Sie uns überhaupt angerufen?"

Also da fiel mir nichts mehr ein. „Was glauben Sie, wie schnell die Nachbarn bei Ihnen auf der Wache anrufen, wenn ich gleich anfange, das Schloss aufzufräsen?"

„Dann fangen Sie an, wir wissen ja Bescheid, wenn jemand anruft." Dann setzten sie sich wieder ins Auto und verschwanden.

Eigentlich hatte ich damit gerechnet, dass die Beamten warten würden, bis ich die Tür geöffnet hatte, aber dem war halt nicht so. Also holte ich mein Werkzeug und begann den Profilzylinder aufzufräsen. Und siehe da, schon öffneten sich mehrere Fenster. Ein Mann rief: „Das sieht aber nach Einbruch aus!"

„Das sieht aber nur so aus!", rief ich zurück. Dann führte ich meine Arbeit einfach bis zum Schluss aus und wurde auch nicht weiter behelligt. Ich möchte nicht wissen, wie viele Leute aus der Nachbarschaft in dieser Nacht bei der Polizei angerufen und einen Einbruch gemeldet haben.

Ich möchte in natura bezahlt werden

An dieser Stelle möchte ich Ihnen eine kurze Story aus meiner Sachverständigentätigkeit erzählen.

Es war mal wieder so weit, eine dicke Gerichtsakte blockierte meinen Briefeinwurf zum Briefkasten. Als ich das sah, nahm ich die Akte natürlich sofort an mich und begab mich mit ihr ins Büro. Der erste Blick fiel auf den Absender. Nun ja, bei dem Gericht war ich schon zweimal. Also musste sich da wohl wieder ein Schlüsseldienst unbeliebt gemacht haben und jemand hatte wohl Klage eingereicht. Nach dem Öffnen der Akte suchte ich zuerst nach der Beschlussfrage. Für juristische Laien, die Beschlussfrage wird vom Richter gestellt. Und an diese Frage habe ich mich als Gutachter zu halten. Nur diese Frage spielt eine relevante Rolle für das Gutachten, an die habe ich mich zu halten. Zweitens suchte ich nach Namen der Rechtsanwälte, die die Beklagte Dame vertreten. Einige Rechtsanwälte sind mir aufgrund meiner langen Erfahrung als Sachverständiger und Gutachter persönlich bekannt.

Ich habe den Beruf des Sachverständigen zwar selbst gewählt und er macht mir auch Spaß, aber manche Aufträge gehen schon an die Substanz.

Meine Frau freute sich immer, wenn ich ein Gutachten zu erstatten hatte, bei dem mein persönliches Erscheinen vor Gericht erforderlich war. War keine Ortsnähe zum Verhandlungsort gegeben, nahm sich meine Frau immer Urlaub und begleitete mich. Wir buchten immer in der Nähe des Gerichts ein Hotel und machten uns dann vor und vor allem nach dem Gerichtstermin noch ein paar nette Stunden. Wir erkundeten die Stadt und gingen immer in ein Restaurant schön und gemütlich essen. Wann macht man das schon mal, wenn man zuhause ist? Eher selten. Vielleicht zweimal im Monat?

Die Akte, die nun vor mir auf dem Schreibtisch lag, war ein Auftrag vom Gericht einer Großstadt im Süden Deutschlands. Mündlich hatte ich bei diesem Gericht eine überhöhte Rechnung zu beurteilen. Ist der geforderte Betrag des Schlüsselnotdienstes überhöht, liegt da Wucher vor oder halt noch nicht? Trägt die Klägerin eventuell eine Mitschuld, oder nicht? So lautete die Beschlussfrage.

Die Klägerin war eine Verwaltungsangestellte, die einen Schlüsseldienst benötigt hatte und sich von diesem abgezockt fühlte. Obwohl ihr die Türe nur zugefallen war und diese von dem Monteur recht schnell wieder geöffnet werden konnte, hatte sie für die Türöffnung an einem Samstag über 800,00 € bezahlen müssen. Da sie nicht so viel Bargeld im Haus hatte, wurde sie von dem Monteur genötigt, mit ihm zur Bank zu fahren und dort Bargeld abzuheben. Glauben Sie mir, es ist auch für uns als Sachverständige nicht immer einfach, aufgrund einer Akte den Fall zu rekonstruieren. Jeder, der Kläger wie auch der Beklagte, schildern den Fall aus ihrer Sicht. Da kommen schon manchmal widersprüchliche Sachen zutage. Ehrlich gesagt, ich möchte nicht Richter sein und Urteile fällen müssen. Wir als Sachverständige helfen ja nur dem Richter mit unserer fachlichen Beratung, und so werden wir Sachverständige in unserer Kompetenz von Laien oft überschätzt.

Nun zurück zu dem mir aufgetragenen Beweisbeschluss.

Die Rechtsanwälte der Schlüsseldienste sind recht pfiffig und versuchen den betrogenen Kunden immer eine Mitschuld zu geben. Es werden fast immer die gleichen Argumente auf den Tisch gelegt. War Gefahr im Verzug? Das heißt, musste wirklich sofort gehandelt werden, indem man den erstbesten Schlüsseldienst beauftragte, ohne zuvor Preise zu vergleichen? Sie hätte sich ja über das Unternehmen zuvor informieren können, indem Sie im Internet recherchiert hätte. Ihr hätte ja auffallen müssen, dass sie keine lokale Rufnummer wählt, sondern eine 0800... Nummer, die irgendwo in Deutschland zu einem Callcenter weitergeleitet wird. Ein weiteres oft angeführtes Argument der Notdienstfirmenvertreter (also Rechtsanwalte) lautet, Unternehmen, die Notdienste anbieten, müssen höher dotiert werden als ortsansässige Handwerksunternehmen. Ich finde, da ist zwar etwas Wahres dran, aber die Preise laufen dann meistens aus dem Ruder. Des Weiteren wird argumentiert, sie hätte sich ja übers Wochenende bei Freunden oder Verwandten unterbringen lassen können und dann ab Montag während der normalen Geschäftszeiten in Ruhe einen ortsansässigen Schlüsseldienst recherchiert, der zu normalen Handwerkerpreisen seine Dienste anbietet.

So argumentieren die Rechtsanwälte der schwarzen Schafe der Schlüsseldienste.

Natürlich handelte es sich hier um klassischen Betrug. Aber da will ich jetzt gar nicht näher drauf eingehen, sondern etwas Anderes erzählen.

Bei der mündlichen Befragung des Richters erzählte die Klägerin, dass der Schlüsseldienstmonteur ihr ein Angebot unterbreitet hatte.

Sie brauche seine Leistung gar nicht zu bezahlen, zumindest nicht in bar. Sie könne auch die Rechnung in natura begleichen.

Mit anderen Worten, wenigstens mal eine Nacht mit ihm verbringen.

Jetzt wurden alle hellhörig im Gerichtssaal und warteten gespannt auf die Antwort des Richters. Doch dieser ging überhaupt nicht auf das Gesagte der Klägerin ein, sondern umspielte die Äußerung geschickt und ließ es sozusagen im Sande verlaufen.

Wahrscheinlich interessiert Sie noch das Urteil.

Es lautete sinngemäß: *Der verlangte Preis des Schlüsseldienstes ist zu hoch, aber aufgrund der Umstände noch nicht als Wucher zu bewerten.*

Meine persönliche Meinung lasse ich mal offen und werde mich auch nicht weiter dazu äußern.

Pfui

Leider hat sich Folgendes bei mir in meinem eigenen Haus zugetragen.

Anfang August 2019. Ein Sturmschaden hat auf dem Dach meines Hauses das Belüftungsrohr fürs Abwasser abgeknickt.

Die Folge war ein Wasserschaden, der sich durchs komplette Haus zog. Also über 3 Etagen, hinter der Wand im Treppenhaus wurde es nass, nicht nur feucht, sondern wirklich richtig nass. Es begann sich schon Schimmel zu bilden. Hier musste sofort gehandelt werden. So setzte ich mich mit der Gebäudeversicherung in Verbindung.

„Suchen Sie sich eine Firma, die den Schaden lokalisiert und repariert", sagte mir eine freundliche Dame der Schadensabteilung meiner Versicherung.

Da ich als Sachverständiger ja selbst für verschiedene Versicherungen gearbeitet habe, weiß ich aus Erfahrung, dass bei einem Versicherungsschaden gerne bei der Schadensmeldung mal ein wenig gemogelt wird. Ich denke, das ist noch recht harmlos ausgedrückt, ist aber leider oft die Realität. Um nicht selbst in Verdacht zu geraten, etwas am Schaden manipuliert zu haben, gerade da es sich bei mir nun mal um einen recht hohen Versicherungsschaden handelte, bat ich die Dame am anderen Ende der Leitung, mir doch eine kompetente Firma zu benennen, mit denen sie schon gute Erfahrungen gemacht hätten und die letztlich bei meinem Gebäude alles wiederinstandsetzen würde.

Ich denke, meine offene und ehrliche Art kam gut bei der Dame an. Denn sie nannte mir innerhalb weniger Augenblicke ein Unternehmen, an das ich mich wenden sollte.

Gesagt, getan. Im Nu hatte ich einen Termin mit der Firma vereinbart. Noch am gleichen Tag kamen die Sanitärinstallateure und suchten fieberhaft mit Feuchtigkeitsmessgeräten die Wände in meinem Hausflur ab. Schnell wurden sie fündig und schlugen auch sofort an verschiedenen Stellen den Putz von der Wand, ja sogar ganze Löcher hauten sie hinein.

Zum ersten Mal konnte ich sehen, wie es hinter der Wand aussah. Wie die alten Abwasserrohre sich zeigten und verliefen.

Der Schaden war wirklich immens. Aber leider nicht unbedingt neu. Das hieß, nicht nur das neulich abgeknickte Belüftungsrohr war alleine daran schuld, sondern eine allmähliche Verrottung der Rohrleitungen hatte zu der Feuchtigkeit und Schimmelbildung beigetragen.

Und ehrlich wie ich nun einmal bin, berichtete ich das der Versicherung. Diese sendete mir daraufhin einen Sachverständigen, der sich der Sache annahm. Er machte eigene Messungen, Fotos und so weiter. Als er fertig war, beredeten wir den Fall.

Wir Sachverständige sind nicht dumm, uns kann man so schnell kein X für ein U vormachen. So sprachen wir dann auf Augenhöhe, von Kollege zu Kollege.

„Sie werden ja selbst erkannt haben, dass der Schaden in den unteren Etagen nicht ursächlich mit dem abgeknickten Belüftungsrohr in Zusammenhang steht", sagte er mir.

„Ich weiß", äußerte ich mich und fragte, wie es denn nun weitergehen solle.

„Den Schaden genau zu differenzieren ist natürlich nicht möglich. Ich werde veranlassen, dass wir die Hälfte der Schadenshöhe übernehmen und dann müssen Sie eben die andere Hälfte begleichen."

Das fand ich ein sehr faires Angebot und willigte ein. Da die Wände nun einmal geöffnet waren, ließ ich jetzt auf eigene Rechnung eine von mir beauftragte Firma auch noch die restlichen Abwasser- sowie auch die Wasserzuleitungen erneuern. Außerdem, da sowieso alles verdreckt war, beauftragte ich auf meine Kosten auch noch Fenstermonteure und ließ mir direkt die alten Holzfenster gegen isolierverglaste Kunststofffenster austauschen.

Nun war es soweit, die Fenster waren schon ausgewechselt und die Sanitärinstallateure machten sich an die Arbeit.

Der Vorarbeiter kam zu mir und sagte: „Sagen Sie bitte im ganzen Haus Bescheid, dass in den nächsten drei bis vier Stunden niemand Wasser laufen lässt und schon gar nicht zur Toilette geht, denn wir nehmen jetzt die Abflussrohre raus und setzen anschließend sofort wieder neue Rohre ein."

Sofort sagte ich allen Mietern sehr nachdrücklich Bescheid. „Sagt bitte auch euren Familienangehörigen, dass niemand Wasser laufen lässt und schon gar nicht die Toilette benutzt."

Eine meiner Mieterinnen war mit ihrem Handy beschäftigt, sie lachte und kicherte mit derjenigen Person am anderen Ende. Lieber sage ich jetzt nicht, was ich dachte, sonst hält man mich noch für sexistisch. So sagte ich dann nochmals ganz ausdrücklich zu ihr: „Haben Sie verstanden? Niemand darf die Toilette benutzen oder Wasser laufen lassen! Die Abflussleitungen werden gleich ausgetauscht."

„Ja, ja, ich habe gehört", sagte sie so nebenher, ohne das Gerät vom Ohr zu nehmen.

Nun gab ich den Arbeitern grünes Licht. „Sie können anfangen, alle im Haus wissen Bescheid, dass sie die Toilette nicht benutzen dürfen."

So begannen die Installateure dann mit der Arbeit. Zwischendurch schaute ich nach, wie sie vorankamen und bot ihnen immer wieder mal eine Tasse Kaffee an, die sie auch dankend annahmen. Nach etwa drei Stunden waren die alten Abflussrohre entfernt. Unbeschwert saß ich in meinem Büro und war mit einem schriftlichen Angebot beschäftigt, als ich wie von einer Tarantel gestochen hochfuhr. Das Geschrei, das durchs Haus hallte, war unmenschlich. Tausend Gedanken schossen mir durch den Kopf. Hat sich jemand einen Finger abgesägt, oder ist einer der Installateure in den Schacht gefallen? So schnell war ich noch nie von meinem Schreibtisch aufgesprungen und stand nun im Treppenhaus. Das Schreien hörte nicht auf und aus den verzerrtem Schreien konnte ich Wortfetzen entziffern wie: „Alte Drecksschweine, Pack, Gesindel", und so weiter.

Liebe Leserinnen und Leser, Sie können mir glauben, ich übertreibe kein bisschen, aber der Anblick, der sich mir bot, war grausam. Der Chef der Arbeitertruppe hatte quer über seiner Glatze, die sein Haupt zierte, einen Köttel hängen sowie sein Hemd und Arbeitshose voll mit Kot beschmiert.

Sein Mittarbeiter stand ebenfalls von oben bis unten braun eingefärbt da. Außer seinem Kopf hatte er nicht viel retten können.

„So hat man früher Komödien gemacht", dachte ich, aber niemandem war zum Lachen zu mute.

Dann kam der Mann meiner Mieterin, der ich ja ausdrücklich verboten hatte, irgendeine Art der Wassernutzung zu tätigen, aus seiner Wohnung. Verschlafen, nur in einer Pyjamahose stand er nun da. „Oh, tut mir leid, das habe ich ganz vergessen!"

Seine Frau ließ sich gar nicht mehr blicken, denn mit ihr hätte ich gerne noch ein paar ernste Worte geredet.

Meine Gedanken tendierten dahin, dass der angeschissene Klempner sich auf meinen Mieter stürzt und ihn fürchterlich vertrimmen würde. Sofort ging ich dazwischen und versuchte mit allen Mitteln und gutem Zureden die Situation so gut es ging zu entschärfen. Gott sei Dank gelang es mir, wahrscheinlich auch durch meine besonnene Art und Weise, noch Schlimmeres zu verhindern.

Die Erwartung an meinen Mieter war, dass er sich wenigstens mit einem guten Fläschchen Wein bei den Klempnern entschuldigen würde. Auf den Wein warten sie heute

noch. Es kam leider nur eine kurze mündliche Entschuldigung.

Jedenfalls war es mal wieder so ein Tag, den ich garantiert nicht mehr vergessen werde, so lange ich lebe.

Kokosmatten

Zwischendurch mal eine kleine aufregende, aber im Nachhinein lustige Geschichte.

Zurück in die Vergangenheit. Wir schreiben das Jahr 1970. Es waren meine ersten Tage als Lehrling in einer kleinen Kraftfahrzeugwerkstatt. Ein Kunde mit seinem geliebten Auto, einem älteren Fahrzeugmodell, das mit einem Stern auf der Motorhaube ausgestattet war und nicht nur auf der Motorhaube, nein auch die Radzierkappen sowie die Mitte des Lenkrades zierten einen Stern. Leider wollte der TÜV den Fahrer und sein Fahrzeug scheiden. Aber das wollte der Fahrer nicht, er hing an seinem Vehikel, dass er auch wirklich pfleglich behandelt hatte. An Stellen, wo er als Besitzer kaum Zugang hatte, nagte mittlerweile der Rost und so konnte man, wenn man die Fußmatten aus dem Fahrzeug nahm, unter sich die Fahrbahn erkennen. Mit anderen Worten, der Rost hatte ordentliche Löcher in den Unterboden gefressen.

Der Fahrzeugbesitzer übergab meinem Chef den TÜV-Bericht. Der schaute ihn sich genauestens an und beauftragte einen seiner Gesellen, den Wagen auf die Hebebühne zu fahren.

Gesagt getan, das Fahrzeug wurde fast 2 Meter nach oben gehoben. Mein Chef, der Geselle und auch der Fahrzeughalter begaben sich unter das Fahrzeug. Mit einem ganz kleinen Hämmerchen begann der Geselle den Unterboden des Fahrzeugs abzuklopfen.

Kennen Sie das Lied „Leise rieselt der Schnee"?

Hier rieselte kein Schnee, aber dafür jede Menge Rost. Und alle hatten den Ausdruck im Gesicht „Das wird teuer".

Jedenfalls entschied sich der Kunde aufgrund des mündlichen Kostenvoranschlags meines Chefs, seinen geliebten Wagen noch wenigstens 2 Jahre zu fahren. Logischerweise brauchte er dazu nun einmal den Segen des TÜVs. Also erteilte er uns den Reparaturauftrag. Er bat noch um ein Taxi, das von meiner Chefin beordert wurde.

„In zwei Tagen können Sie ihr Fahrzeug wieder abholen!", rief sie ihm noch hinterher, als er schon ins Taxi einstieg.

Der Geselle und ich begaben uns sofort an die Arbeit.

„Wir müssen die Vorder- und Rücksitze ausbauen und sämtliche Matten aus dem Fahrzeug entfernen", sagte er zu mir.

Unter seiner Anweisung begab ich mich an die Arbeit. Ich baute die Sitze aus, entfernte die Fußmatten und Teppiche aus dem Fahrzeug. Sie wurden von mir in einem Abstellraum platziert und zum Schutz vor Schmutz mit sauberen Plastikplanen abgedeckt. Dann schnitten wir aus einer Blechtafel passende Blechstücke, die die Löcher verdecken sollten. Ich musste mich dann mit einem Eimer Wasser und Putzlappen, die ich befeuchtete, ins Fahrzeug setzen. Der Geselle hob das Fahrzeug entsprechend seiner Körpergröße mit der Hebebühne hoch und begann die Bleche einzuschweißen. Meine Aufgabe bestand nur darin, aufzupassen, dass im Fahrzeug nichts verbrannte. Und wenn die Flammen beim Verschweißen doch mal zu groß wurden, löschte ich sie mit den feuchten Putzlappen.

Ich werde Sie jetzt davor verschonen, Ihnen weiterhin die einzelnen Arbeitsschritte zu erläutern.

Jedenfalls waren am Abend keine erkennbaren Löcher mehr im Fahrzeug vorhanden. Am nächsten Tag bestand meine Arbeit darin, das Fahrzeug von innen wieder zu komplementieren, also die Matten wieder zu platzieren und die Sitze wieder einzubauen. Anschließend führte der Geselle das Auto beim TÜV vor und kam auch mit einer frischen Zweijahresplakette zurück.

Wir hoben das Fahrzeug nochmals mit der Hebebühne hoch, damit ich nun die Gelegenheit bekam, die neu eingeschweißten Bleche mit einer Unterbodenschutzfarbe zu versiegeln. Nachdem ich diese unangenehme klebrige Arbeit verrichtet hatte, schaute sich der Geselle meine Arbeit nochmal an. Danach fuhr er das Fahrzeug auf den Hof, schrieb einen Arbeitsbericht dazu, den er unserem Chef übergab, damit dieser die Rechnung für den Kunden schreiben konnte.

Irgendwann im Laufe des Nachmittags holte der Kunde sein geliebtes Fahrzeug ab und verschwand damit vom Hof.

Aus den Augen aus dem Sinn, es war ein Auftrag, wie ich ihn halt in meinem Leben noch viele Male zu tätigen hatte. Aber dieser Auftrag blieb mir doch bis heute im Gedächtnis haften, denn am nächsten Tag fuhr das sternebepackte Auto wieder auf das Betriebsgelände. Der stolze Besitzer stieg aus und machte sich schnurstracks auf den Weg ins Büro.

Ich sah es zufällig und dachte noch, der hatte bestimmt gestern zu wenig Geld mit und muss noch seine Rechnung begleichen. Aber da hatte ich falsch gedacht. Nachdem zehn Minuten vergangen waren, wurde ich ins Büro gerufen.

Nichtsahnend was nun auf mich zukam, sprintete ich die drei Stufen zum Büro hoch und stand nun meinem Chef, der Chefin und dem Kunden gegenüber. Eigentlich hatte ich das Gesicht des Kunden als freundlich und angenehm in Erinnerung, aber nun funkelten mich zwei Augen an, die mir wirklich fast das Blut in den Adern erstarren ließen.

„Wo sind meine neuen Fußmatten?", schrie er mich an.

Ich zuckte zusammen und das Blut schoss mir in den Kopf. Ich wurde bestimmt rot wie eine reife Tomate. Dann mischte sich aber schon mein Chef ein und versuchte beruhigend auf das Gespräch oder besser gesagt das Geschrei Einfluss zu nehmen.

„Im Fahrzeug befanden sich neue Fußmatten, die der Kunde ein paar Tage zuvor gekauft hatte, bevor er uns sein Fahrzeug zur Reparatur gebracht hat", sprach er nun zu mir. „Die Fußmatten sind jetzt nicht mehr da. Wo hast du sie hingetan?"

Ich dachte einen Moment nach und stand bestimmt immer noch mit hochrotem Kopf da. Es fehlten mir erst einmal die Worte.

„Komm, wir gehen mal zum Fahrzeug", forderte mein Chef mich auf.

Total verdattert trottelte ich hinter ihm und dem Kunden her.

Der Kunde öffnete die Fahrzeugtür, zeigte mit dem Finger hinter die Sitze und sprach nun mit erhobener Stimme:

„Und wo sind die Matten?"

Ich schaute ins Fahrzeug und dachte wirklich, ich bin im falschen Film. Da lagen die schönen Gummimatten und schützten den Teppichboden. Stotternd sagte ich ungläubig: „Da liegen die Matten doch."

„Willst du mich verarschen, wo sind meine Kokosmatten?", schrie mich der Kunde an.

„Was für Kokosmatten?", fragte ich mit zittriger Stimme und zittrigen Gliedern.

„Meine neuen Kokosmatten!", schrie er wieder los.

„Moment", sagte ich, „ich schau mal im Schuppen nach."

„Aber schleunigst!", war seine Antwort.

Zur heutigen Zeit hätte er von mir Zunder bekommen für seine Patzigkeit. Aber ich war damals sehr jung und nur ein Lehrling, der sich noch vom Leben prägen lassen musste.

Jedenfalls öffnete ich den Schuppen, wo ich zuvor die Teile gelagert hatte. Aber da war nichts. „Gleich platzt mir mein Kopf vor Aufregung", dachte ich. Und dann, dann hatte ich plötzlich einen Einfall.

„Sie sprachen die ganze Zeit von Kokosmatten?", vergewisserte ich mich.

„Ja natürlich, oder spreche ich undeutlich?", blieb er seiner unfreundlichen Art treu.

Dann schritt ich voran, Richtung Sterneauto, öffnete die hintere Tür, hob zuerst die Gummimatte hoch, dann den darunter befindlichen Teppichboden, und siehe da: „Kokosmatten".

„Meinen sie die?", fragte ich ihn.

Jetzt war er sprachlos und mein Chef auch.

Diese hässlichen braunen Kokosmatten hatte ich fälschlicherweise aufgrund ihres Aussehens als Schutzmatten nach ganz unten gepackt und nicht wie vorgesehen zuoberst gelegt.

Fall geklärt, aber mit den Nerven war ich trotz meiner Jugend für den Tag völlig fertig.

Zum Glück war ja nichts Schlimmes passiert, aber so setzt sich Stück für Stück das Leben zusammen, vieles vergisst man und einiges bleibt für immer haften. Bis in den Tod.

Der Spiegel (nicht jugendfrei)

Konrad, gelernter Tischler, Mitte vierzig, groß und kräftig, verheiratet, 3 Kinder, war es leid, den ganzen Tag Jahr ein Jahr aus an der Werkbank zu stehen und Möbel anzufertigen oder zu reparieren. Es ging ihm gut in der Firma, wo er arbeitete. Er hatte liebe und nette Arbeitskollegen, aber das reichte ihm auf einmal nicht mehr. Er fühlte sich wie ein Löwe im Käfig. Er wollte raus, unter Menschen, neue Gesichter sehen, mit anderen Leuten reden und neue Eindrücke bekommen. Er sprach zwar viel mit seinen Arbeitskollegen, aber es gab halt nichts Neues. Sie waren wie eine große Familie, jeder wusste vom anderen alles. Schließlich verbrachte man ja mehr Zeit mit seinen Arbeitskollegen als mit seiner Familie. Und so konnte Konrad ein Angebot nicht abschlagen, das man ihm unterbreitete, und zwar bei einer Möbelauslieferungsfirma anzufangen. Er malte es sich in Gedanken schon aus, wie es sei, jeden Tag zu anderen fremden Leuten in die Wohnung zu gehen, ihnen neue Möbel zu liefern und aufzubauen. Reden, über Gott und die Welt. Immer neue Themen mit fremden Leuten. Er könnte mit seiner Frau abends darüber sprechen, was er denn so tagsüber alles gesehen und erlebt hatte.

Der neue Chef vertraute Konrad sofort einen nagelneuen Lieferwagen an, den er auch pfleglich behandelte. Konrad war eben ein Mann, dem man vertrauen konnte. Seine neue Arbeit machte ihm riesigen Spaß. Wie in seinen Träumen zuvor ausgemalt, hatte er endlich Abwechslung und erlebte was. Die Kundschaft liebte ihn und gab seinem Chef stets ein positives Feedback. Schnell bekam er die erste Gehaltserhöhung und brachte seiner Frau mit der positiven Neuigkeit auch sofort einen Strauß Rosen mit nach Hause.

Doch dann kam ein Auftrag, der ihn sprichwörtlich aus den Schuhen haute. Konrad und sein Kollege Werner hatten einer Kundin ein neues Schlafzimmer zu liefern und aufzubauen.

Die Kundin, etwa Anfang vierzig, sehr attraktiv, lange schwarze offen getragene Haare, große braune Rehaugen und eine Konfektionsgröße von 36, öffnete ihnen die Tür.

„Oh, da sind Sie ja schon, meine Herren, so früh habe ich Sie gar nicht erwartet. Dabei heißt es immer, Handwerker sind unpünktlich. Sie müssen entschuldigen, dass ich noch gar nicht fertig bin und Sie im Nachthemd empfange."

Konrad und Werner schauten sich verlegen an, wobei Konrad sogar die Röte ins Gesicht stieg.

„Das macht uns nichts aus. Das erleben wir ständig", log Konrad verlegen.

„Dann beginnen Sie doch einfach mit dem Aufbau", sagte sie. „Ich heiße übrigens Sonja, es ist mir lieb, wenn Sie mich auch so ansprechen."

Konrad und Werner nickten nur zustimmend, denn es hatte ihnen die Sprache verschlagen.

„Wir gehen dann mal zum Auto und tragen die Sachen hoch", sagte Konrad.

Sie ließen sich extra viel Zeit, denn sie wollten Sonja ja Gelegenheit geben, sich etwas Anderes anzuziehen. Doch Sonja dachte gar nicht daran, sich sittlich anzukleiden. Sie bemerkte es und genoss es sogar, die beiden Handwerker in diese peinliche Situation gebracht zu haben. Insgeheim gefiel ihr Konrad außerordentlich gut. Die Größe und die Kraft strahlten pure Männlichkeit aus, der sie völlig verfiel. „Den muss ich haben", dachte sie sich und malte sich ein Schäferstündchen mit Konrad aus. Doch er ahnte absolut noch nichts davon, was in dem Kopf dieser hübschen Frau so vor sich ging.

Wieder oben in der Wohnung angekommen, stellten sie das erste Konvolut Möbel in eine Ecke und staunten nicht schlecht, dass Sonja immer noch im Nachthemd durch die Wohnung wanderte.

„Darf ich den Herren einen Kaffee anbieten?", fragte sie.

„Oh ja, gerne", erwiderte Konrad.

Dann besprachen sich Konrad und Werner, dass Konrad nun schon mit dem Aufbau der Möbel beginnen werde, und Werner nach und nach den Rest des Konvoluts aus dem Fahrzeug nach oben holte.

Zu dem neuen Schlafzimmer, das Konrad nun aufbaute, gehörte ein großer Spiegel, in dem man sich komplett betrachten konnte. Diesen Spiegel hatte Konrad an der Wand abgestellt und war zuerst einmal mit der Montage des Bettes beschäftigt. Werner war auf dem Weg nach unten zum Auto, um den Rest der Möbel zu holen. Jeder Gang dauerte etwa zehn Minuten, das hatte Sonja sich schon gemerkt, und sie sah nun ihre Chance gekommen.

Sie stand vor dem Spiegel, drehte den Kopf hin und her, ging in die Knie, kam wieder hoch und wandte sich an Konrad mit einer Frage.

„Ich darf Sie doch Konrad nennen?", fragte Sonja nun mit einer mädchenhaften Stimme.

Leicht verwirrt über die Frage, sagte er: „Ja natürlich, Sonja."

„Komm doch mal bitte zu mir", forderte sie Konrad auf, seine Arbeit zu unterbrechen.

Konrad stellte sich neben sie und sah sich und Sonja nun im Spiegel. Dann zeigte sie mit ihren wohlgeformten und gut lackierten Fingernägeln auf eine Stelle des Spiegels, die sich im unteren Drittel befand.

„Siehst du das?", fragte sie.

„Was soll ich denn sehen?"

„Da ist eine blinde Stelle im Spiegel."

Konrad zog die Stirn kraus und konzentrierte sich auf die Stelle, wo der Spiegel nicht einwandfrei sein sollte.

„Ich sehe nichts."

„Nun geh mal in die Knie und schau doch mal richtig hin."

Konrad folgte ihren Weisungen und begab sich nun auch auf den Boden, um den Spiegel besser betrachten zu können.

Sonja tat es ihm gleich und nun saßen beide in der Hocke und schauten in den Spiegel. Allerdings mit dem Unterschied, dass Sonja keinen Schlüpfer trug und Konrad freie Sicht auf ihr hübsches dunkles Dreieck hatte, das sich zwischen ihren Beinen befand.

„Oje", rief Konrad leise und sprang auf.

Sein Kopf schien nun fast zu platzen, so rot wurde er.

Sie immer noch breitbeinig in der Hocke sitzend, griff nun seine Hand und zog ihn vorsichtig, aber bestimmt wieder nach unten.

„Was ist los, du siehst aus, als hättest du einen Geist gesehen. Dabei solltest du dir ja nur die blinde Stelle im Spiegel anschauen."

Konrad, wieder auf dem Boden hockend, schaute nun erneut auf das kleine hübsche Dreieck, das sich jetzt auch noch in der Mitte leicht öffnete.

„Ach so, das tut mir jetzt aber wirklich leid, war auch bestimmt keine Absicht von mir", sagte Sonja unschuldig und schloss ihre Beinchen wie ein braves Mädchen. Sie zupfte sogar etwas schamhaft an ihrem Nachthemdchen herum, als wenn sie alles verdecken wollte oder die peinliche Situation sogar ungeschehen machen könnte.

Konrad, immer noch mit hochrotem Kopf, nahm ein Taschentuch aus seiner Hosentasche und begann wild an dem Spiegel herumzuwischen, wo ja angeblich eine blinde Stelle sein sollte.

Dann hörten sie, wie Werner keuchend und schwer bepackt mit weiteren Möbeln wieder die Treppe hochkam.

„Ein Glück", dachte Konrad und sie sagte nur: „Was sind manche Männer doch blöd - game over, Konrad!"

Sodann bauten Konrad und Werner im Team den Rest der Möbel auf. Sonja hatte sich zwischenzeitlich im Nebenzimmer nun doch etwas vernünftig bekleidet.

Der Rest des Tages verlief normal. Allerdings hatte Konrad Werner nichts von dem Erlebnis erzählt.

Abends wieder zu Hause, konnte sich Konrad nicht verkneifen, mit seiner Frau darüber zu reden. Er hatte mit einer Anerkennung seiner Frau gerechnet, dass er so standhaft geblieben war. Doch nun muss er sich bei jeder Gelegenheit, die seine Frau findet, sagen lassen: „Wenn dir etwas nicht passt oder gefällt, dann geh doch zu Sonja."

Erst jetzt verstand er Sonjas Worte, als sie sagte, was sind manche Männer doch blöd.

Ausgetrickst

Rolf Schwarz, Schlüsseldienstler aus NRW, war tief in seine Arbeit versunken und erschrak fürchterlich, als sein Handy sich lautstark meldete. Er hatte einen sehr unangenehmen Klingelton eingestellt und wollte diesen schon seit langem ändern. Irgendwie kam ihm aber immer wieder etwas dazwischen, sodass er es wieder und wieder verschob und immer wieder aufs Neue erschrak. Er hatte heute schon fünf Aufträge abgearbeitet und sich schon auf einen gemütlichen Feierabend eingestellt. So fragte er sich nun „Soll ich mich melden oder nicht?" Er entschied sich für die Annahme des Anrufs.

„Schlüsseldienst Schwarz, was kann ich für Sie tun?", fragte er mit einem grimmigen Unterton.

„Meine Mutter und ich sind gerade vom Einkaufen gekommen und kommen nicht mehr in unsere Wohnung", meldete sich eine aufgeregte weibliche Stimme.

„Haben Sie den Schlüssel verloren oder warum kommen Sie nicht mehr in Ihre Wohnung?"

„Nein, der Schlüssel ist da, aber die Tür lässt sich nicht öffnen."

Rolf überlegte einen Moment und entschloss sich dann, den Damen zu helfen. Aller Wahrscheinlichkeit nach gab es hier ein technisches Problem. Alsdann ließ er sich Name und Anschrift geben und machte sich auf den Weg.

Am Auftragsort angekommen, empfing ihn vor der Haustüre schon eine junge Frau.

„Meine Mutter ist im Treppenhaus, ihr war es hier draußen zu kalt. Wir müssen eine Etage nach oben gehen."

An der Wohnungstüre angekommen, begrüßte Rolf nun die Mutter der jungen Frau, ließ sich die Schlüssel aushändigen, um selbst einen Funktionstest vorzunehmen. Als erfahrener Handwerker mit viel Gefühl in den Händen wunderte er sich auch, dass die Tür sich nicht öffnen ließ. Seinem Gespür nach arbeitete das Schloss tadellos. Er machte noch ein paar Versuche und kam dann zu dem Urteil, dass nicht das Hauptschloss, sondern das Zusatzschloss die Tür verriegelte. So wandte er sich an die beiden Damen.

„Wo haben Sie denn den Schlüssel vom Zusatzschloss, denn das scheint verriegelt zu sein."

„Guter Mann, das kann nicht sein, das Schloss haben wir noch nie benutzt, wir haben nicht einmal einen Schlüssel dafür."

Irritiert von der Antwort versuchte Rolf nochmals sein Glück und kam zu keiner anderen Erkenntnis, als dass das Zusatzschloss die Tür versperrte.

Nach einem Wortgefecht, das nun zwischen Rolf und den Kunden entbrannte, sagte die Tochter der Mutter zickig: „Machen Sie es dann eben so, wie Sie es für richtig halten. Aber ich versichere Ihnen, wir haben keinen Schlüssel für das Schloss und konnten es auch somit nicht verschließen."

Irritiert, aber überzeugt von seiner Diagnose, machte sich Rolf an die Arbeit und öffnete das Zusatzschloss, indem er es aufbohrte. Nach zehn Minuten gab das Schloss nach und die Tür war geöffnet.

„Na also, hatte ich doch Recht, das Zusatzschloss sperrte die Tür."

Ungläubig und immer noch wütend betrat nun die Mieterin als Erste selbst die Wohnung und stieß einen grellen Schrei aus.

„Verdammt, was ist denn hier passiert?!", schrie sie.

Die Tochter der Mieterin schob Rolf einfach barsch zur Seite und stürmte ebenfalls in die Wohnung. Dann drehte sie sich zu Rolf um und schaute ihn ungläubig an.

Mit bösen Vorahnungen fragte Rolf: „Darf ich mal eintreten?"

„Natürlich, kommen Sie rein und sehen Sie sich die Schweinerei an."

Der erfahrene Rolf sah sofort, was Sache war. Die ganze Zeit, als er mit den Kunden vor der Tür stand und debattiert hatte, ob das Zusatzschloss verschlossen war oder nicht, hatten sich Einbrecher in der Wohnung aufgehalten und waren über den Balkon aus der ersten Etage über den Hof geflüchtet. Als die Ganoven bemerkt hatten, dass die Bewohner zurückkamen, hatten sie das Kastenschloss mit dem Knebel von innen verriegelt und blockiert, sodass sie genügend Zeit hatten, sich aus dem Staub zu machen.

Die Wohnung sah aus wie ein Schlachtfeld. Sämtliche Schubladen waren herausgerissen und einfach kreuz und quer ins Zimmer auf den Boden geworfen worden. Die Mieterin stand wirklich kurz vor einem Nervenzusammenbruch.

Ich sollte vielleicht noch erwähnen, dass sich dieser Vorfall mal wieder in der Weihnachtszeit ereignet hatte. In dieser Zeit steigen die Einbrüche und Überfälle in der Regel überdimensional stark an.

Rolf hatte natürlich sofort die Polizei verständigt, aber die konnten die Täter mal wieder nicht ermitteln. Die Aufklärungsquote bei Einbrüchen und Diebstählen hat sich zwar erhöht, ist aber leider gegenüber anderen Delikten immer noch gering. Dies soll jetzt keine Anklage an die Polizei sein. Die Beamten tun mir wirklich leid. Total überlastet, zu wenig Personal, zu viel Verbrechen. Ich kann es leider nicht ändern.

Nun nochmals zurück zu diesem speziellen Fall, da kann ich nur sagen: „Clever ausgetrickst".

Der Psychopath

Es war um die Weihnachtszeit und früh dunkel, die ideale Zeit für Ganoven. Statistisch häufen sich um diese Jahreszeit die Überfälle und Einbrüche. Wir als Sicherheitstechniker haben Hochkonjunktur und somit volle Auftragsbücher. Es werden vermehrt Panzerriegel, Zusatzschlösser und Sicherungsketten verbaut und verkauft. Nicht nur die Türen, auch die Fenster bekommen, wenn nötig, Zusatzsicherungen angebracht.

Mein Ladenlokal hatte ich gerade geöffnet, als Herr Schröder, Eigentümer mehrerer Mehrfamilienhäuser meinen Laden betrat. Er war ein Stammkunde von mir, aber sehr geizig. Immer wenn er ein Anliegen hatte, versuchte er mit mir über den Preis zu feilschen oder schleppte Schließzylinder, Schlösser und anderes Zeug an, das er zuvor gebraucht oder als Billigware auf dem Flohmarkt erworben hatte, und ließ sie anschließend von uns verbauen.

An diesem besagten Tag, von dem ich Ihnen jetzt erzähle, kam er mit einem anderen Anliegen zu mir.

Bei einem seiner Mieter, der in einem seiner Häuser ein Ladenlokal gemietet hatte, war eingebrochen worden. Der Schaden, den die Einbrecher verursacht hatten, war relativ gering und übersichtlich. Es waren nur der Schließzylinder, die Schutzrosette und das Schließblech zu ersetzen. Aufgrund meines mündlichen Kostenvoranschlags, den ich ihm sofort gegeben hatte, erteilte er uns den Auftrag für die Reparatur des Einbruchschadens. Dann versicherte er mir, für die Kosten aufzukommen. Er wurde sich das Geld später selbst vom Mieter erstatten lassen.

Wir konnten den Kunden ja nicht mit offenem Laden sitzen lassen und reparierten am gleichen Tag noch seine Ladentür.

Nachmittags saß ich in meinem Büro und schrieb gerade an der Rechnung, als mein Telefon läutete. Herr Schröder war am Apparat.

Er begann mit den Worten: „Haben Sie die Rechnung für die Reparatur des Einbruchschadens schon geschrieben?"

„So ein Zufall, Herr Schröder, ich bin gerade dabei."

„Ich habe mit meinem Mieter besprochen und vereinbart, dass er die Rechnung nun doch direkt bei Ihnen begleichen möchte. Darum bitte ich Sie, die Rechnung an meinen Mieter zu versenden."

„Kein Problem, Herr Schröder, das mach ich so."

Alsdann schrieb ich die Rechnungsanschrift um und sandte sie noch am gleichen Tag an den Geschädigten persönlich.

Die Wochen vergingen, ich saß mal wieder über meinen Geschäftsbüchern beim Kontenabgleich.

Oh, eine offene Rechnung. Das Rechnungsdatum lag nun schon fünf Wochen zurück. Was macht man in so einem Fall für gewöhnlich? Man schreibt eine höfliche Mahnung. In der heutigen hektischen Zeit kann es wirklich mal passieren, das vergessen wird eine Rechnung zu begleichen. Stellt ja auch kein Problem dar. Doch mit meiner Mahnung sollte ich noch mein blaues Wunder erleben.

Zwei Tage später schrillte mein Geschäftstelefon, ich nahm ab und wurde sofort aufs Übelste beschimpft. Ohne seinen Namen zu nennen, ging mich der Anrufer direkt an.

„Sie haben mir eine Mahnung geschickt, was wollen Sie von mir, ich weiß gar nicht, worum es überhaupt geht!"

Obwohl er seinen Namen nicht genannt hatte, konnte ich mir sofort denken, um welchen Kunden es sich handelte. Ich hatte glücklicherweise nur eine offene Rechnung. So sprach ich ihn direkt mit seinem Namen an.

„Ich vermute, ich habe Herrn Schwarz am Apparat?", sagte ich fragend.

„Was wollen Sie mit der Mahnung von mir, ich habe keine offene Rechnung, wo sitzen Sie überhaupt, ich komm vorbei und haue Ihnen in die Fresse!"

Meine lieben Leserinnen und Leser, können Sie sich vorstellen, wie sich meine Gedanken überschlugen, wie mein Puls in die Höhe schoss? Ich muss geglüht haben wie eine Kohle im Ofen. Jedenfalls fühlte ich mich so.

Ich habe mich hobbymäßig und natürlich auch beruflich viel mit Psychologie befasst. Während meines BWL-Studiums hatte ich auch ein Lehrfach Psychologie, wo uns beigebracht wurde, wie man sich schwierigen Kunden gegenüber verhalten kann. Das alles war auf einmal in meinem

Kopf präsent. Also den Kunden austoben lassen, denn irgendwann ist auch beim größten Psychopath die Luft raus und er muss von seinem Stresslevel runterkommen. Obwohl ich mich nicht gerne beleidigen lasse, ließ ich es erst einmal geschehen und so gut es ging, versuchte ich deeskalierend auf den Verrückten einzugehen. So sagte ich zu ihm in einem einigermaßen ruhigen Ton:

„Herr Schwarz, bei Ihnen im Laden wurde doch eingebrochen und Ihr Hauswirt, der Herr Schröder, hat mich mit der Reparatur und Absicherung Ihres Objekts beauftragt. Und das haben meine Monteure ja wohl bei Ihnen ordnungsgemäß ausgeführt."

Er warf wohl den Telefonhörer in die Ecke, denn ich hörte es laut scheppern und dann war Stille.

Ein Kunde mit dem Anliegen, für ihn ein Namensschild anzufertigen, befand sich in meinem Laden. Den Vorfall mit dem Psychopathen hatte ich schon fast vergessen. Da wurde meine Ladentüre aufgeschleudert, sodass das Glas darin schepperte, aber zum Glück nicht zersprang. Ein Mann stand nun auf einmal vor mir am Tresen und knallte mir mit der flachen Hand dreimal einen Hundert-Euro-Schein auf die Theke. Dabei schimpfte er lauthals.

„Hier hast du zweihundert, du arme Sau, nimm auch noch den dritten Schein, du Drecksvogel!"

Mit aufgerissenen Augen und verängstigt drückte sich mein Kunde, dem ich ja gerade ein Namensschild anfertigte, in eine Ecke des Ladens. Doch um ihn konnte ich mich im Moment nicht kümmern.

Dann rannte Herr Schwarz mit weiteren Beleidigungen auf den Lippen zur Tür und wollte verschwinden.

Noch nie in meinem Leben wurde ich so beleidigt. Trotz meiner ruhigen und deeskalierenden Art gab ich kontra und rief dem Schwarz hinterher:

„Verpiss dich, du Stück Scheiße!"

Er reagierte so, wie ich es vermutete. Er sprintete zurück, warf sich mit seinem Oberkörper halb auf die Theke und versuchte auf mich einzuschlagen. Doch verfehlte er mich. Und nun schlug ich zurück, leider auch ohne einen kräftigen Schlag richtig zu platzieren. So ging es zwei- oder dreimal hin und her. Dann stürmte er endgültig aus den Laden und ich musste ihn zum Glück nie wiedersehen.

Allerdings fiel mir zwei Tage später ein, dass ich als Fachhändler für Sicherheitstechnik eine Überwachungskamera in der Testphase in meinem Laden installiert hatte. Sollte ich den Angriff eventuell gefilmt haben? Mit zittrigen

Fingen holte ich die Speicherkarte aus der Kamera, und siehe da, meine Kamera hatte tatsächlich alles aufgenommen. Die Aufnahmen existieren heute noch. Deswegen konnte ich ihnen, meine lieben Leserinnen und Leser, den Vorfall so haargenau und detailgetreu schildern. Gleichzeitig bitte ich um Entschuldigung für die Ausdrucksweise, aber das war nun einmal der Wortlaut, der zwischen Herrn Schwarz und mir stattgefunden hatte.

Nach ein paar Tagen kam der Hausbesitzer, Herr Schröder, freundlich in meinen Laden und fragte:

„Und, alles in Ordnung, haben Sie die Tür bei Herrn Schwarz wieder richten können?"

Für einen kleinen Moment war ich sprachlos, doch dann fing ich mich wieder und wetterte los.

„Herr Schröder, wissen Sie eigentlich, dass Sie einen Psychopathen als Mieter haben? Dieser Vollidiot hat mich in meinem Laden tätlich angegriffen. Ich habe alles mit der Kamera aufgenommen. Kommen Sie mal mit, ich zeige es Ihnen."

Sichtlich verdattert folgte mir Herr Schröder in mein Büro, wo ich ihm die Aufzeichnungen zeigte.

Er versuchte noch, den Vorfall ein wenig herunterzuspielen, indem er sagte:

„Da müssen Sie auch ein wenig Verständnis zeigen, der Mann hatte ein paar Tage zuvor seinen Vater verloren und war mit den Nerven am Ende."

„Das nehme ich als Entschuldigung nicht an. Als mein Vater verstorben war, bin ich auch nicht losgegangen und habe andere Leute verprügelt. Außerdem versichere ich Ihnen, die Aufnahmen werde ich archivieren und behalte mir vor, eine Anzeige gegen diesen Mistkerl zu erstatten."

Nachdem Herr Schröder dann endlich gegangen war, habe ich von beiden nie wieder etwas gehört oder gesehen, und das, obwohl beide ihre Aufenthaltsorte ganz in meiner Nähe haben.

Eine Anzeige habe ich nie erstattet, da mir ja kein wirklicher Schaden entstanden war. Hätte ich den Kürzeren beim Schlagabtausch gezogen, hätte ich mich aller Wahrscheinlichkeit nach doch für eine Anzeige entschieden.

An dieser Stelle möchte ich Ihnen, meine lieben Leserinnen und Leser einen kleinen Hinweis geben: Meine Überwachungsaufnahmen sind legitim. Schon an der Eingangstür meines Ladens befindet sich ein Schild mit dem Hinweis **„Dieser Laden ist videoüberwacht"**. Im Laden selbst habe ich an verschiedenen gut sichtbaren Stellen einen gleichen Hinweis platziert.

Ohne explizit auszuweisen, dass eine Überwachungskamera installiert ist und auch aufnimmt, wären die Aufnahmen nämlich illegal gewesen.

Alte Liebe rostet nicht (nicht jugendfrei)

Robert, mein bester Freund, ist wie ich auch Schlüsseldienstler; er erzählte mir vor ein paar Wochen, was ihn im
Innersten bewegte.

Wenn es nicht Robert wäre, hätte ich seine Beichte als
Phantasterei ad acta gelegt. Bei Robert habe ich allerdings
keinerlei Zweifel an der Authentizität seiner Erzählung.

Robert hat eine gute Bekannte, die er schon seit fast 30
Jahren kennt. Pia heißt sie und kommt aus Brasilien. Wo er
Pia kenngelernt hat, möchte ich an dieser Stelle nicht näher
erörtern, denn ich muss immer davon ausgehen, dass jemand, der dieses Buch liest, mich, Robert und Pia persönlich kennt und an dieser Stelle (falsche) Schlüsse ziehen
könnte, die Robert sehr in Bedrängnis bringen könnten.

Robert war vor 30 Jahren schon einmal in Pia verliebt, sie
waren sich ein paar Mal sehr nahegekommen. Es hätte nicht
viel gefehlt und sie hätten geheiratet. Aber es kam anders.
Robert hatte plötzlich und unerwartet eine andere Frau
kennengelernt, in die er sich maßlos verliebt hatte und die
er auch später geheiratet hat. Mit ihr hat er zwei erwachsene
Kinder. Pia hatte hingegen einen anderen deutschen Mann
geheiratet, wurde aber vor 3 Jahren Witwe und lebt seitdem

in einem kleinen Einfamilienhaus für sich alleine. Ihr verstorbener Mann hatte das Sagen zuhause und immer alles alleine geregelt und entschieden. Dadurch war sie nun ein wenig unselbstständig. Dazu kam, dass sie auch noch mit ihrem Fahrzeug vor ein paar Tagen einen Unfall verursacht hatte, der glücklicherweise ohne Personenschaden verlaufen war. Sie wurde mal wieder gefordert und war auch gleichzeitig total überfordert. Sie musste Stellungnahme zum Unfallhergang bei der gegnerischen Versicherung nehmen, ihr Auto in die Werkstatt bringen und auch da standen Verhandlungen an. Und nicht nur das, ihre Unglückssträhne riss nicht ab. Zusätzlich machte noch ihr Türschloss Probleme und sie kam unvermittelt nicht mehr in ihr eigenes Haus. Sie konnte den Schlüssel drehen, aber die Türe ließ sich nicht öffnen und das auf einen Samstagabend. Sie setzte sich auf die Treppe und fing furchterregend an zu weinen. Niemand sah ihre Tränen und niemand nahm sie in den Arm, um sie zu trösten. „Was nützt mir das schönste Haus, wenn ich damit nicht fertig werde und für jede Kleinigkeit einen Fachmann brauche", dachte sie. Ja, sie zerbrach fast an ihrem jetzigen Leben. Aber irgendwie musste es weitergehen. Also musste wieder ein Fachmann her. Sie holte ihr Handy aus der Handtasche und schaltete es ein. So suchte sie bei Google nach dem Begriff Schlüsseldienst. Die ersten 5 Treffer suggerierten Ortsnähe und einen guten sowie preisgünstigen Service. Sie wusste nicht warum, aber sie schaute noch ein wenig weiter. Etwas unterhalb der ansprechenden Anzeigen stieß sie dann auf eine kleine unscheinbare Annonce. Eine innere Stimme sagte ihr, ruf da an. Dann fiel ihr auch ein, dass sie im Fernsehen irgendwann einmal gesehen hatte, dass die Telefonbucheinträge, die sich unglaublich gut und vielversprechend anhören, von vielen betrügerischen Unternehmen genutzt werden. Also schaute sie sich die kleinere Anzeige etwas genauer an. Dort stand nur „Robert Bergmann, Schlüsselnotdienst Tag und Nacht" sowie eine Handynummer.

Robert Bergmann, mein Gott, sollte es der Robert sein, dem sie einst fast verfallen war?

Ihr wurde flau im Magen und ihre Hände fingen an zu zittern. Sie drückte auf ihrem Display Nummer für Nummer, ihre Hände zitterten immer mehr. Dann das ersehnte Freizeichen. Schneller als gedacht erklang die vertraute Stimme von Robert.

„Schlüsseldienst Bergmann, was kann ich für Sie tun?"

Sie wollte etwas sagen, aber in dem Moment, als sie Roberts Stimme hörte, versagte ihre eigene.

„Hallo?!", rief Robert jetzt in sein Handy.

Er wollte gerade das Gespräch wegdrücken, weil er glaubte, jemand erlaube sich einen dummen Scherz mit ihm. Da fand Pia kurz ihre Stimme wieder.

„Robert", vibrierte ihre Stimme durch den Äther.

„Wer ist denn da bitte?", fragte Robert.

„Ich bin es, Pia."

Roberts Herz machte einen Satz und ihm schoss das Blut in den Kopf.

„Pia Neumann?", fragte er ungläubig.

„Ja Robert, ich bin es."

„Ach du meine Güte, Pia, wie lange habe ich nichts mehr gehört von dir?" Er erwartete natürlich keine Antwort, sondern sprach einfach weiter. „Ich glaube, das letzte Mal habe ich dich auf der Beerdigung von deinem Mann gesehen. Das müsste doch schon etwa drei Jahre her sein. Was verschafft mir denn die Ehre, dass du an mich denkst und mich anrufst?"

„Ach Robert, ich bin total verzweifelt, ich kann meine Tür nicht mehr aufschließen. Das Schloss öffnet sich nicht. Und dann bin ich im Internet auf deine Annonce gestoßen. Ich war mir nicht einmal sicher, ob du das überhaupt bist, oder nur eine zufällige Namensgleichheit."

„Meine liebe Pia, wozu hat man denn Freunde? Natürlich lass ich dich nicht hängen, ich komme gleich vorbei. Dauert etwa eine halbe Stunde, du weißt ja, wo ich wohne, schneller geht's halt nicht."

„Danke, Robert."

Sie beendeten das Gespräch. Robert machte sich auch sofort auf den Weg. Er hat sein Auto immer gepackt mit den wichtigsten Werkzeugen und Ersatzteilen. Das spart einem Ärger und Stress, wenn man im Notdienst zu jeder Zeit einsatzbereit ist.

Robert war total angespannt und nervös. Nach so langer Zeit seine Pia wiederzusehen. Er hatte keine Hintergedanken dabei, aber sein Herz hörte nicht auf zu pochen. Sie hatten sich eben aus den Augen verloren. Pia wusste ja, dass Robert verheiratet ist und kannte auch seine Frau. Sie haben das immer für sich behalten, dass sie sich vor Jahren schon einmal ineinander verliebt hatten. Sie verstanden es damit umzugehen, da beide nun einmal mit einem anderen Partner verheiratet waren und Robert es ja auch immer noch ist.

Robert parkte direkt vor der Garage, die zu Pias Haus gehört. Pia saß immer noch auf der Treppe. Als sie das Auto kommen und vor ihrer Garage parken sah, sprang sie auf und eilte auf Robert zu.

„Robert, wie schön dich zu sehen, auch wenn der Anlass für mich nicht gerade erfreulich ist!", rief sie.

Sie wusste nicht, wie sie sich verhalten sollte. Sollte sie ihn in den Arm nehmen, ihn vielleicht sogar küssen? Nein, sie entschied sich gegen ihren Willen und ihre Gefühle und reichte Robert nur die Hand. Robert reichte ihr ebenfalls seine Hand und zog Pia ein Stück zu sich heran. Auch Robert wusste nicht so recht, wie er sich verhalten sollte, beiden schien die Situation wohl etwas peinlich. Sie schauten sich in die Augen, Robert zog Pia nun noch etwas näher an sich heran. Dann ergriff er das Wort.

„Meine liebe Pia, ich dachte, du hättest mich vergessen."

„Mein Lieber, wie kann ich dich vergessen?", hauchte sie heiser.

Jetzt übermannte es Robert, er ließ ihre Hand los, nahm ihren Kopf in beide Hände und gab ihr einen zarten Kuss auf die Stirn.

„Tut mir leid, Pia, das musste jetzt einfach sein."

„Mein Lieber, das braucht dir nicht leid zu tun." Dann gab sie ihm einfach einen schnellen Kuss auf den Mund.

Um die Situation ein wenig zu entschärfen, fragte sie einfach: „Wie geht's denn deiner Frau, der Moni?"

Robert überspielte die Frage und sagte: „Ich schau mir jetzt erst einmal dein Schloss an."

Als professioneller Schlüsseldienstmonteur hatte er das Problem schnell erkannt. Das Einsteckschloss war nur verklemmt und lange nicht geölt worden. Er hatte ruckzuck das alte Schloss ausgebaut und verbaute ihr aus Sicherheits-gründen ein neues Schloss. Nach zwanzig Minuten war alles erledigt und die Werkzeuge waren wieder im Wagen verstaut.

„Mein lieber Robert, was bekommst du nun von mir?", kam die Frage von Pia.

„Wenn es dir nicht zu viel Umstände macht, würde ich gerne einen Kaffee mit dir trinken und einmal deine Toilette benutzen, um meine Hände zu waschen."

Sie konnte wohl nicht anders und gebrauchte bei jeder Anrede das Wort „lieber".

„Mein lieber Robert, nichts lieber als das. Ich weiß ja nicht, wieviel Zeit du hast."

„Meine allerliebste Pia, wir haben uns so lange nicht gesehen, darum nehme ich mir für dich alle Zeit der Welt", übertrieb Robert etwas.

„Danke, mein Lieber", und es folgte ein Kuss auf seinen Mund. „Tut mir leid", sagte sie schnell.

Anstatt zu antworten, nahm Robert abermals ihren Kopf in seine großen kräftigen Hände und sah ihr lange und intensiv in die Augen. Er erkannte wohl ihr Verlangen und gab ihr nun einen langen, langen ausführlichen Kuss auf den Mund, bis sie fast keine Luft mehr bekam.

„Oh, Robert", entrann es leise ihren Lippen.

Nun entschuldigte Robert sich bei ihr. Dann sagte er zu ihr: „Bleiben wir lieber anständig, mach uns doch bitte einen Kaffee."

Sie setzte eine Kanne Filterkaffee auf und verschwand im Bad mit den Worten: „Ich muss mich ein wenig frisch machen, wenn es dich nicht stört, zieh ich mich auch eben um."

Sie hatte ja noch ihre Straßenkleidung an, die ihr fantastisch stand. Bestehend aus einem enganliegenden graublauen Hosenanzug, dazu trug sie hohe High Heels. Immer schon hatte sie Wert auf Etikette gelegt und legen müssen. Sie war zwar im Moment arbeitslos, hatte aber jahrelang in einem Reisebüro gearbeitet, was bedeutete, immer im Blick des Kunden zu sein. Ihre naturfarbene bräunliche Haut und ihre schräg gestellten Augen, die an eine Katze erinnern, haben garantiert schon einigen Männern den Schlaf geraubt, nachdem sie sie nur einmal gesehen hatten.

Robert gehört zu den glücklichen Männern, die nicht nur von ihr geträumt haben. Nein, er hat sie besessen mit allem, was dazu gehört. Heute noch nach vielen Jahren bekommt er immer noch eine Gänsehaut, wenn er an die alten schönen und erotischen Zeiten denkt, die er mit ihr verbracht hat.

Er bedauerte es nicht, dass er sie nicht geheiratet hatte, denn seine Frau ist auch eine außergewöhnliche hübsche und vor allem treue Frau, was er von sich nicht unbedingt sagen kann.

Nun saß er nach drei Jahren in Pias Wohnung und wartete darauf, dass sie aus dem Bad kam, um mit ihm ein Tässchen Kaffee zu genießen.

Dann hörte er, wie sich die Badezimmertüre öffnete. Sein Herz fing wieder an zu pochen.

„Nein, du bleibst anständig", ermahnte er sich selbst in Gedanken. Dann riskierte er einen Blick Richtung Bad, aus dem Pia gerade schritt.

„Ich denke, du hast nichts dagegen, dass ich meine Stubenkleidung angezogen habe", sagte Pia in den Raum und schritt an Robert vorbei, um den Kaffee und Tassen zu holen.

Robert antwortete nicht und schaute Pia bei ihrer Tätigkeit zu.

Sie hatte nun einen Bademantel an, der sie wie alles, was sie anzog, auch gut kleidete.

Sie setzte sich ihm schräg gegenüber an den Tisch und goss nun endlich den Kaffee ein. Dabei legte sie ein Bein über das andere und stupste dabei mit ihrem Fuß gegen Roberts Bein.

„Oh, Entschuldigung", kam es kurz und knapp aus ihrem Mund.

„Pialein", liebkoste er jetzt ihren Namen, „die Entschuldigung habe ich überhört. Jede Berührung von dir tut mir gut."

Jetzt gab sie keine Antwort und nahm Schluck für Schluck ihren Kaffee zu sich. Dabei fing sie an, sich auf dem Stuhl ein klein wenig hin und her zu winden.

„Was ist mit dir?", fragte Robert.

„Tut mir leid, mein Lieber, der Bademantel juckt ein wenig", und sie begann sich zu verrenken, indem sie versuchte, sich selbst den Rücken zu kratzen.

„Pialein, komm, ich kratz dir den Rücken."

Ohne eine Antwort abzuwarten, stand Robert auf, begab sich hinter ihren Stuhl und rubbelte nun über den Bademantel an der Stelle, wo er vermutete, dass es sie juckte.

Robert bemerkte natürlich, wie Pia es genoss und sich ganz leicht auf ihrem Stuhl weiter wand und drehte.

Aus der anfänglichen Rubbelei wurde ganz allmählich Streichelei. So langsam wanderten seine Hände unter ihre Arme und dann weiter nach vorne, bis er die Öffnung des

Bademantels erreicht hatte. Dann glitten seine Hände ganz langsam und genüsslich in den Mantel über ihre schöne wohlgeformte Haut bis zu ihren Brüsten. Dann stoppte sie ihn abrupt.

„Ich muss an Moni, deine Frau denken, lassen wir die Spielchen lieber sein."

„Du hast Recht, Pialein", stimmte Robert etwas enttäuscht zu und setzte sich wieder brav auf seinen Stuhl zurück.

Sie unterhielten sich über alles Mögliche, was Pia so alles in ihrer Freizeit machte, da sie ja jetzt arbeitslos war.

Begeistert fing sie an, davon zu erzählen, dass sie in einen Sportverein eingetreten war und regelmäßig Gymnastik trieb.

„Schau mal, was ich mir gekauft habe", sagte sie voll Begeisterung und zeigte in eine Zimmerecke, in der ein komisch verdrehtes Eisengestell stand.

„Was ist das denn?", fragte Robert.

„Das ist ein Bauchtrainer", sprudelte es jetzt aus ihr heraus. „Ich führ dir das mal vor."

Sie stand auf und holte das verrückt aussehende Gestell in die Mitte des Raumes, legte sich auf den Teppich in das

Gerät und begann mit komischen Bewegungen ihren Körper darin zu drehen. Dabei hoben ihre Füße ständig vom Boden ab. Zuvor hatte sie sich wie ein braves Mädchen ihren knappen Bademantel zwischen die Beine geklemmt, so dass das Wichtigste bedeckt war.

Natürlich konnte Robert nicht widerstehen und krabbelte zu ihr auf den Boden.

„Komm, ich halte deine Beine fest", sagte er und fasste ihre Fußgelenke, die er nun fest auf den Boden drückte, so dass diese nicht mehr abheben konnten.

„Das ist eine gute Idee, viel besser als alleine!", rief sie und gab nun richtig Gas. Bei jedem Auf und Ab öffnete sich ihr Bademantel mehr und mehr, was sie anscheinend nicht bemerkte, ich denke eher nicht bemerken wollte. Ein schmaler schwarzer Schlüpfer bedeckte das, was ja eigentlich verdeckt bleiben sollte.

Dann hörte Pia mit dem Schaukeln auf und blieb ruhig und entspannt in ihrem Gestell liegen.

Roberts Hände lösten sich nun von Pias Fußgelenken und befanden sich auf einmal auf ihren schönen Kniescheiben. Sie genoss seine Berührungen und wackelte nun leicht mit ihren Beinen, indem sie sie immer leicht öffnete und schloss.

Sein Blick fixierte immer noch ihr knappes Höschen, was Pia auch bemerkte.

„Gefällt dir das, Robert Schatz?"

Robert nickte nur ganz leicht und sagte nichts. Dafür glitten seine Hände mit ganz leichten Streicheleinheiten ihre Beine entlang und schoben sich ganz langsam in ihr kleines schwarzes Höschen.

Pia stöhnte leicht und öffnete ihre Beinchen weiter. Nun beugte Robert seinen Kopf dahin, wo er eigentlich nichts zu suchen hatte.

Dann schien die Zeit für beide stehengeblieben zu sein. Keiner von beiden wusste später noch, wie lange sie sich da auf dem Boden gewälzt hatten.

Nach einer unendlich langen Zeit hatten sie sich wieder gefangen und begannen sich gegenseitig zu entschuldigen. Nachdem sie festgestellt hatten, dass es ja gar nichts zu entschuldigen gab, bedankten sie sich gegenseitig für die schönen Stunden.

Es tat beiden sehr gut und war ja auch nur einmalig. Alte Liebe rostet nicht. Mit dem schlechten Gewissen seiner Moni gegenüber muss Robert alleine fertig werden. Aber so

ist nun einmal das wahre Leben und es wird auch für immer ein Geheimnis zwischen Pia und Robert bleiben, - das
sie mit ins Grab nehmen werden.

Sportlich

Folgende Story ist Dieter Otto, einem Schlüsseldienst in einer Nachbarstadt, widerfahren.

Dieter arbeitet in Festanstellung als Hausmeister, ist aber mit einem Kleingewerbe auch noch als selbstständiger Schlüsseldienst tätig.

Es war Freitag der Dreizehnte um die Mittagszeit, als Dieter über sein Handy den Auftrag von einem Seniorenheim bekam, das Betreutes Wohnen anbietet. Eine Bewohnerin hatte sich aus ihrem Zimmer ausgeschlossen. Sie hatte schlichtweg den Schlüssel von der Innenseite im Schloss der Tür stecken lassen, die Türe zugezogen und war zum Einkaufen gegangen. Diese für ihr Alter fitte Dame konnte immerhin stolze 89 Jahre aufweisen. Sie war noch in der Lage selbstständig ihre Einkäufe zu tätigen und ihren Haushalt zum Teil noch alleine zu bewerkstelligen.

Mies gelaunt, der Regen peitschte ihm ins Gesicht, machte sich Dieter auf zum Seniorenheim. Immerhin war es nicht der erste Auftrag, den man ihm vom Seniorenheim vermittelt hatte. Mal klemmte eine Tür, ein anderes Mal war ein Schloss defekt, oder - was nicht so schön ist -, wenn die

Bewohner verstorben sind und auch die Heimleitung mit ihrem Generalschlüssel die Tür nicht aufbekommen, weil noch ein Schlüssel innenseitig im Schloss steckt. Jedenfalls wollte Dieter diesen Kunden nicht warten lassen. Hat man so einen Kunden einmal durch Unzuverlässigkeit vergrault, ist man ihn auch schnell für immer los.

Am Auftragsort angekommen, parkte Dieter sein Auto auf dem Hinterhof des Bewohnerheims. Das hatte ihm damals die Geschäftsleitung angeboten. Dieter schnappte sich seine Werkzeugtasche aus dem Kofferraum seines Fahrzeugs und sprintete durch den Regen, der nicht aufhören wollte. Mit dem Fuß stieß er die Eingangstüre auf, die tagsüber nicht verschlossen war. Im Foyer stellte er seine Werkzeugtasche hin und rieb sich, so gut es ging, die nasse Kleidung ab. Dann ging er auf die Theke zu, über der ein Schild angebracht war mit der Aufschrift „Information".

Nach so vielen Aufträgen, die Dieter hier schon abgearbeitet hatte, kannte man sich natürlich persönlich und duzte sich auch.

„Hallo Dieter", sagte Gerda, die Frau von der Information, erfreut, als sie Dieter sah.

„Grüß dich Gerda, was kann ich denn heute für euch tun?", fragte er sie.

„Fahr doch bitte mal mit dem Fahrstuhl zur vierten Etage, vor dem Zimmer 408 steht die Frau Schneider, sie hat den Schlüssel von innen im Schloss stecken lassen und kommt jetzt nicht mehr auf ihr Zimmer."

„Mach ich, stell uns schon mal einen Kaffee bereit, den trinken wir dann noch, wenn ich fertig bin. Wird bestimmt nicht lange dauern."

Dieter griff seine immer noch triefnasse Werkzeugtasche und begab sich zum Fahrstuhl. Oben angekommen musste er sich kurz orientieren und entdeckte dann die Zimmertür mit der Nummer 408. Vor der Tür standen zwei Einkaufstaschen, aber wo war Frau Schneider?

„Frau Schneider?! ", rief er laut durch den Flur.

Keine Antwort, aber dafür hörte er, dass sich von innen jemand an der Tür zu schaffen machte, und im nächsten Moment öffnete diese sich auch schon.

„Haben Sie mich gerufen?", fragte ihn nun eine nette ältere Dame.

„Ich suche Frau Schneider", antwortete Dieter.

„Ja, das bin ich", kam ihre Antwort pfiffig zurück.

„Ich bin vom Schlüsselnotdienst. Ich dachte, Sie hätten sich ausgeschlossen und kommen nicht mehr auf ihr Zimmer?"

„Guter Mann, meine Nachbarin Frau Striens ist ja auch zuhause. So habe ich sie einfach gebeten, mich auf ihren Balkon zu lassen. Dann bin ich auf die Brüstung geklettert und auf meinen Balkon gesprungen. Es konnte ja nichts passieren, denn Frau Striens hat zwei Bademantelgürtel zusammengeknotet. Das eine Ende habe ich mir um den Bauch gebunden, mit dem anderen Ende hätte Frau Striens mich festgehalten, wenn ich gefallen wäre."

Dieter traute seinen Ohren nicht und fühlte sich von der älteren Dame verschaukelt.

„Darf ich einmal auf ihren Balkon schauen?", fragte er.

„Natürlich, kommen Sie rein." Sie führte Dieter zum Balkon und öffnete ihm die dazugehörige Tür.

Dieter schritt auf den Balkon und schaute über die Brüstung. Dort sah er, in etwa einem Meter Entfernung, in die Augen einer kleinen zierlichen älteren Dame. Sie mochte vielleicht noch 50 Kilo wiegen. Dann sah er sich weiter um und sah auf dem Stuhl zwei Bademantelgürtel liegen.

„Sie sind Frau Striens?", fragte er die kleine Frau.

„Jau", kam die lapidare Antwort.

„Und Sie haben Frau Schneider mit den beiden Gürteln gesichert?"

„Jau."

„Dann ist Frau Schneider von Ihrem Balkon auf ihren eigenen Balkon geklettert"?

„Jau."

„Sie wissen schon, dass Sie sich in der vierten Etage befinden?"

„Junger Mann, ich bin zwar 96 Jahre, aber glauben Sie mir, ich bin stark."

Dieter wendete sich an Frau Schneider mit den Worten: „Tun Sie das nie wieder. Sie haben eine ganze Kompanie von Schutzengeln gehabt."

Dann lächelte er sie freundlich an und zog sich fassungslos zurück. Da fehlten ihm wirklich die Worte.

Wieder zurück im Foyer, erzählte er es sofort der Gerda. Gerda wurde blass vor Schreck, schrieb sich alles auf und wollte es natürlich der Geschäftsleitung weitergeben.

Aber das war nicht mehr Dieters Problem. Er genoss seinen Kaffee und das noch folgende nette Geplauder mit Gerda.

Zu Hause angekommen, gönnte er sich sogar einen Whisky, um das Erlebte besser zu verarbeiten. In der Nacht träumte er sogar von dem Balkon. Dort standen in seinem Traum zwei Engel und zwei Teufel, die heftig miteinander kämpften. Schweißnass schreckte er hoch und dachte, ist ja nur ein Traum. Dann wurde ihm aber bewusst, das, was er am Tage erlebt hatte, war kein Traum und leider bittere Realität.

*Ein ehrenwertes Haus

Per Telefon wurde ich von einem Herrn Berger beauftragt, ihn wieder in seine Wohnung zu lassen. Ihm sei durch
einen Windstoß die Tür zugeschlagen.

Nachdem er mir seine Adresse mitgeteilt hatte, musste
er mir natürlich noch sagen, dass er Beamter sei, was mich
absolut nicht interessierte. Vielleicht wollte er mich damit
beeindrucken, ich weiß es nicht.

Ohne näher darauf einzugehen, machte ich mich auf den
Weg zu ihm, mit den Worten:

„Herr Berger, ich fahre jetzt los. Wenn der Verkehr es zu-
lässt, bin ich in 15 Minuten bei Ihnen. Soll ich unten an der
Haustüre klopfen, oder wie soll ich mich bemerkbar machen, wenn ich da bin?"

„Ich stehe vor der Tür und sehe, wenn Sie kommen",
sagte er.

Glücklicherweise fand ich auch direkt vor seiner Haustüre einen Parkplatz. Als er das Firmenschild auf meinem
Fahrzeug las, kam er auf mich zu.

„Hallo, hierher!", rief er unnötigerweise und winkte
wild gestikulierend mit der Hand in der Luft.

„Typisch Beamter", schoss es mir durch den Kopf.

Wie üblich machte ich den Griff zu meiner Werkzeugtasche, hängte sie mir über die Schulter und schritt ihm entgegen.

Anstatt mit einer ordentlichen Begrüßung, empfing er mich mit den Worten: „Da sind Sie ja endlich, also legen Sie mal los und machen mir die Tür auf."

„Nun mal langsam, können Sie sich denn überhaupt ausweisen, dass Sie hier wohnen?", konterte ich.

„Ja, der Ausweis befindet sich in der Wohnung, kann ich Ihnen aber erst zeigen, wenn die Tür wieder geöffnet ist."

Daraufhin hielt ich ihm meine übliche Predigt, dass ich verpflichtet bin, die Polizei für eine Personalienfeststellung hinzuzurufen, falls er sich nach der Türöffnung nicht ausweisen könnte.

Die Belehrung passte ihm zwar nicht, aber er schluckte sie. Doch konnte er sich kleinere Provokationen und Weisheiten nicht verkneifen. Er schaute auf meine Werkzeugtasche und meinte:

„Was haben Sie denn da alles drin, eine Scheckkarte genügt doch, das habe ich im Fernsehen gesehen."

Meine gute Laune, die ich eigentlich immer habe, war nun endgültig dahin und ich vermied es, mich mit ihm auf weitere Unterhaltungen einzulassen. So begab ich mich an die Arbeit und er fing wieder an zu erzählen, wie es überhaupt zu dem Dilemma gekommen war, dass er meine Hilfe benötigte.

„Ich bin zwar schon 69 Jahre alt, aber nicht dass Sie glauben, ich sei schon senil. Ich hörte, dass meine Nachbarin, die unter mir wohnt, wieder Besuch bekam, denn es hatte jemand bei ihr geklingelt. Das kann man von hier oben sehr gut hören. Ich wollte nur mal schnell schauen, wen sie wieder erwartet hat, da machte es auch schon Rumms und die Türe hinter mir war zu. Blöder Wind. Sie müssen wissen, die junge Frau ist ja erst 25 Jahre alt, sie könnte meine Tochter sein. Ständig empfängt sie andere Männer und manchmal kommen sogar Frauen zu ihr in die Wohnung. Da macht man sich schon so seine Gedanken, vielleicht ist sie ja eine Prostituierte.“

„Herr Berger“, unterbrach ich seinen Redefluss. „Ich halte Sie weder für senil, noch geht mich das Privatleben Ihrer Nachbarin etwas an, ich bin nur hier, um Ihnen die Tür wieder zu öffnen“, doch er redete einfach weiter.

„Ich habe es nicht nötig, anderen Leuten hinterherzuspionieren, schließlich bin ich Beamter und mein Vater war Abgeordneter im Parlament, meine Mutter war zwar nur Lehrerin, aber ...“

„Herr Berger", ermahnte ich ihn nun etwas lauter, „soll ich Ihnen nun helfen oder nicht, mir ist es egal, ob Sie Beamter sind oder bei der Müllabfuhr arbeiten oder gearbeitet haben. Wenn die Tür zugefallen ist, ist sie eben zu und mein Job ist es, meiner Kundschaft zu helfen und geschlossene Türen wieder zu öffnen."

Was ich ihm die ganze Zeit verschwieg, war, dass ich schon des Öfteren in dem Haus war und so wunderte es mich, dass er mich noch gar nicht erkannt hatte. Denn ich war ja schließlich auch schon ein paar Mal bei seiner Nachbarin gewesen.

Erstaunlicherweise entschuldigte er sich bei mir für sein Gefasel.

Schweigend nahm ich die Entschuldigung an und öffnete ihm dann endlich die Türe. Ich nahm allerdings extra keine Öffnungskarte, sondern bevorzugte dieses Mal ein anderes Werkzeug, das sehr kompliziert und für einen Laien mysteriös aussah. Natürlich wollte ich ihn damit auch ein wenig herausfordern und provozieren. Seine Augen quollen vor Überraschung fast aus den Augenhöhlen. Ich sah es ihm an, dass er irgendetwas fragen oder sagen wollte. Er ließ es aber dann doch auf sich beruhen, denn er ahnte wohl, dass ich schon wieder eine passende Konterantwort parat hatte. Dann forderte er mich auf, ihn in sein Wohnzimmer zu begleiten, um mich für meine geleistete Arbeit zu entlohnen.

„Bitte nehmen Sie am Tisch Platz, da können Sie dann die Rechnung schreiben", sagte er zu mir.

Ich folgte seiner Aufforderung und nahm am Tisch Platz. Sodann zog ich meinen Rechnungsblock aus der Tasche und begann zu schreiben. Unauffällig schweifte mein Blick einmal durchs Zimmer und war über die Einrichtung erstaunt. Vergebens suchte ich nach einem Fernsehgerät, dafür konnte man sich an einem riesigen Salzwasseraquarium und einer prächtigen Bibliothek erfreuen.

„Nun ja, jedem das Seine", waren meine Gedanken.

Nachdem ich meinen Lohn kassiert hatte, verabschiedete ich mich mit den Worten: „Dann kann ich ja noch kurz meine Nichte besuchen, die wohnt direkt unter Ihnen, da kann ich noch einen Kaffee trinken und einen kleinen Plausch halten. Übrigens, meine Nichte ist Bewährungshelferin, die Besucher, die sie ständig empfängt, sind ehemalige Strafgefangene, die sich in regelmäßigen Abständen bei ihr melden müssen."

Total verschämt und mit hochrotem Kopf begleitete er mich zur Türe, um mich zu verabschieden.

Ob er aus der vorausgegangenen peinlichen Situation etwas gelernt hat? Ich denke, eher nicht. Es gibt Leute, die begehen immer wieder die gleichen Fehler und lernen einfach nicht daraus. Das liegt wohl an ihrem Charakter.

Abgelehnter Auftrag

März 2004, Samstag spät in der Nacht, - das grelle Läuten des Telefons riss mich aus dem Tiefschlaf. Mit schlafwandlerischer Sicherheit griff ich zum Hörer meines stets am Bett stehenden Telefons. Durch meinen Beruf als Schlüsselnotdienst bin ich daran gewöhnt, andauernd des Nachts angerufen zu werden. Ich meldete mich nur kurz mit meinem Namen.

„Hallo Herr Sarfeld, Zentrale hier, Baumann am Apparat", meldete sich die mir bekannte Blondine. „Ich hätte für Sie einen Auftrag in Dortmund, würden Sie den übernehmen?"

„Natürlich übernehme ich den Auftrag"; sagte ich mit trockener Kehle und noch halb im Schlaf.

Aufträge dieser Reichweite, Essen – Dortmund, sind für meine Branche normal.

Der Geschäftszweig ist schließlich hart umkämpft und man freut sich über jeden neuen Auftrag, den man annehmen kann.

Frau Baumann fuhr mit der Auftragsvergabe fort: „Herr Sarfeld, ich muss Ihnen zu dem Auftrag noch etwas sagen.

- Angerufen hat eine junge Frau, sie möchte die Wohnung zu ihrem Freund geöffnet haben."

„Oje", entrann es heiser meinen Lippen, und ich nahm schnell einen Schluck Wasser aus dem Glas, das auf der Nachttischkonsole neben meinem Bett stand.

„Der Freund der jungen Frau geht nicht ans Telefon. Die Frau steht vor der Tür ihres Freundes und hört das Telefon schellen. Er besitzt auch ein Handy, das sich ebenfalls in der Wohnung befindet und das man hören kann, wenn dort angerufen wird. Aber er reagiert weder auf die Anrufe noch auf das Klopfen oder Schellen an der Türe. Die Freundin hat sich von dem Vater ihres Freundes telefonisch die Erlaubnis geben lassen, sich mit einem Schlüsseldienst gewaltsam Einlass zu der Wohnung zu verschaffen."

Ich schüttelte den Kopf, was mein Gegenüber natürlich nicht sehen konnte. Mein gesunder Menschenverstand sagte mir, halt, hier verzichtest du lieber auf den Auftrag. Aber ich ließ unser Blondschöpfchen erst einmal ausreden.

So sagte sie dann: „Es wird vermutet, dass der Freund der Anruferin dringend Hilfe benötigt. Es könnte aber auch sein, dass er gar nicht da ist und nur sein Handy vergessen hat, oder einfach nur betrunken ist und darum auf nichts reagiert."

Mittlerweile war ich hellwach und glaubte nicht, was ich da hörte. Konnte unsere gute Fee von der Zentrale denn nicht denken? So beschloss ich dann, unsere liebe Frau Baumann aufzuklären.

„Liebe Frau Baumann, nun stellen Sie sich doch mal vor, der junge Mann benötigt wirklich Hilfe, welcher Art auch immer, ob polizeiliche, weil er eventuell überfallen wurde oder medizinische Hilfe, ist ja letztlich auch egal. Jedenfalls können wir es nicht verantworten, dass ich unter Umständen 45 Minuten Fahrweg benötige, bis ich endlich vor Ort bin. Bis dahin kann ja wer weiß was passiert sein. Vielleicht hat er ja wirklich nur sein Handy vergessen und es gibt großen Ärger. So gerne wie ich Geld verdiene, lehne ich unter diesen Umständen den Auftrag ab. Denn so wie Sie mir den Fall geschildert haben, könnten Sie und ich, wenn es hart auf hart geht, sogar gerichtlich belangt werden und zwar wegen unterlassener Hilfeleistung. Raten Sie lieber der jungen Frau stattdessen, die Polizei oder Feuerwehr zu alarmieren. Oder noch besser, Sie erledigen das gleich selbst von ihrem Telefon aus."

Es folgte eine Pause, - und ich sah vor meinem geistigen Auge, wie unser liebe Frau Baumann wie immer, wenn sie

Stress hatte, auf ihren langen Haarsträhnen kaute und die Augen dabei verdrehte.

„Na gut, wenn Sie nicht wollen", hörte ich noch, dann knackte es in der Leitung.

„Frau Baumann, haben Sie mich denn nicht verstanden?" Aber sie hörte mich schon nicht mehr.

Wie ich erst Tage später erfahren habe, hat sich Frau Baumann meinen Rat scheinbar nicht zu Herzen genommen und lieber einen Berufskollegen von mir beauftragt. Dieser sah wohl nur einen guten schnellen Verdienst und stürzte sich auf die Arbeit: Wochenende, - Nachtzuschlag, - wenn die Türe verschlossen ist, muss auch noch der Zylinder ausgefräst werden, da kommen schnell 200 € und auch etwas mehr zusammen.

Doch mein Berufskollege hatte noch Glück im Unglück. Der Freund der besorgten Frau benötigte keine Hilfe, er benötigte lediglich Ruhe vor seiner Angebeteten. Er hatte nämlich einen One-Night-Stand und rief selbst die Polizei, als er bemerkte, dass sich jemand an der Türe zu schaffen machte.

Wer letztlich die Rechnung für den nächtlichen Einsatz bezahlt hat, konnte ich leider nicht mehr in Erfahrung bringen.

Das Phänomen

Frau Schmitz, eine Kundin, zu der ich bis jetzt noch keinen Kontakt hatte, bat mich telefonisch um Hilfe bei einer Türöffnung.

„Ich habe Herrn Müller bei mir vor meiner Haustüre aufgegriffen", begann sie das Gespräch. Aufgegriffen, das Wort hört sich ja sowieso schon irgendwie komisch und chaotisch an. Zu dem Zeitpunkt konnte ich auch noch nicht wissen, wie chaotisch und merkwürdig der Auftrag noch werden würde.

„Er sagte, ihm sei die Türe zugefallen und der Schlüssel befindet sich in der Wohnung. Hätten Sie Zeit und würden Sie bitte kommen und dem Herrn Müller die Türe öffnen?"

„Natürlich komme ich vorbei und schau mal, wie ich Ihnen helfen kann", sagte ich und ließ mir die Adresse geben.

Dann sagte Frau Schmitz so nebenher: „Herr Müller kennt aber seine Hausnummer nicht."

„Wie bitte?", fragte ich verwundert und dachte schon wieder an eine Spaßanruferin. Dass jemand seine eigene Hausnummer nicht kennt, machte mich stutzig und ich bat

Frau Schmitz um ihre Telefonnummer, damit ich wenigstens einen Kontrollrückruf tätigen konnte. Leider gibt es immer wieder Leute, die sich einen Spaß daraus machen, Firmen mit irgendwelchen dubiosen Aufträgen zu bedenken. Mal wird der Notruf der Feuerwehr oder Polizei missbraucht, mal die Schlüsseldienste und ein anderes Mal die Bestattungsunternehmen. Ich kann mir nicht erklären, was in den Köpfen solcher Menschen vorgeht und was die Leute davon haben, andere aufs Glatteis zu führen. Vielleicht nur Langeweile? Frau Schmitz bemerkte wahrscheinlich meinen Zweifel und fuhr mit ihrer Schilderung fort.

„Ja, Sie haben richtig gehört. Auch ich weiß im Moment die Hausnummer von ihm nicht genau, denn Herr Müller wohnt etwa 300 Meter die Straße weiter hoch. Sie können ja bei mir anschellen, Herr Müller wird Sie dann zu seinem Haus begleiten." Dann gab sie mir endlich ihre Telefonnummer, um die ich sie ja gebeten hatte, damit ich zur Kontrolle bei ihr Zurückrufen konnte.

Nachdem dieses problemlos geschehen war, setzte ich mich ins Auto, schaltete das Navigationsgerät an, gab die von Frau Schmitz angegebene Adresse ein und fuhr los. Es lagen stolze acht Kilometer vor mir. Die Strecke barg auch noch viele Ampelkreuzungen, die ich zu überqueren hatte.

Leider musste ich, wie so oft, wenn man es eilig hat, an fast jeder Ampelkreuzung warten. Somit hatte ich das Gefühl, alles hätte sich gegen mich verschworen und ich komme nie an meinem Ziel an. Doch als ich nach einer gefühlten Ewigkeit endlich am Zielort angekommen war, machte sich Frau Schmitz schon wild mit den Händen winkend am Fenster bemerkbar. Es war eigentlich eine gute Gegend. Es gibt Gegenden, zu denen fahre ich erst gar nicht hin. Wenn mich Kunden anrufen und mich um eine Türöffnung bitten, und am Ende nennen sie mir dann die Straße, habe ich schon mal eine Ausrede parat. Dann sage ich zum Beispiel: „Oh je, ich sehe gerade auf dem Dienstplan, dass meine Monteure alle außer Haus sind. Leider kann ich nicht abschätzen, wann sie wieder zur Verfügung stehen und möchte Sie daher bitten, sich einen anderen Schlüsselnotdienst zu suchen." Das tut mir dann zwar leid für die Kunden, denn vielleicht trifft es ja gerade den falschen. Aber ich kann auch nicht über meinen Schatten springen. Ich denke mir, lieber mal ein Auftrag nicht angenommen, als dem Geld hinterherzujagen und am Ende doch nichts zu bekommen.

Hier läuft ja alles nach Plan, dachte ich und stieg genervt von der Fahrerei aus meinem Fahrzeug. Dann kam mir Frau Schmitz mit einem kleinen alten Mann, den sie unter den

Arm stützte, auch schon entgegen. „Wohlsituiert sieht er ja nicht gerade aus, mein neuer Kunde", waren meine ersten Gedanken.

Ich muss mich wirklich mal von meinen Vorurteilen trennen, aber das ist nicht so einfach wie gesagt. Das sind eben die schlechten Erfahrungen, die man im Laufe der Jahre gemacht hat. Außerdem denke ich, es ist ja auch normal, wenn man jemanden zum ersten Mal begegnet, dass man versucht, ihn einzuschätzen und in irgendeinem Raster einordnet, in sympathisch, gepflegt, umgänglich, reich oder arm und so weiter.

Mit den Worten: „Ich muss zum Einkaufen und habe keine Zeit, Sie und Herrn Müller zu begleiten", begrüßte mich Frau Schmitz. „Herr Müller wird Ihnen zeigen, wo er wohnt", sagte sie noch hastig und verschwand aus meinem Blickfeld, bevor ich überhaupt etwas sagen konnte.

Da stand ich nun mit dem kleinen alten Mann alleine auf der Straße. Herr Müller hatte nur ein dünnes kariertes Hemd und eine leichte Sommerhose an, dazu Sandalen, und das bei 5 Grad Außentemperatur. Der kleine alte Mann zitterte am ganzen Körper vor Kälte. Das Klappern seiner Zähne ließ mir eine Gänsehaut den Rücken herunterlaufen.

Dann ließ ich mich von ihm zu seinem Haus führen und staunte nicht schlecht. Ein wunderschönes relativ neues Einfamilienhaus, umsäumt von einem gepflegten Vorgarten.

Nun stand ich mit dem alten zitternden kleinen Mann vor einer doppeltverglasten Kunststofftüre. Ein Hochsicherheitsbeschlag mit allen Schikanen gegen Einbruchschutz sollte mir die Arbeit enorm erschweren. „Nun ja, werde ich schon schaffen", dachte ich, „die Türe ist ja nicht verschlossen." Sodann ging ich zum Fahrzeug und holte mein Spezialwerkzeug. Normalerweise müsste ich die Türe mit einem kleinen Trick im Nu wieder geöffnet haben. Oje, was war los? Ich bekam die Türe nicht auf, zumindest nicht so schnell und so einfach, wie ich mir das anfangs gedacht hatte.

Das Geklapper der Zähne von Herrn Müller wurde immer lauter. Er schien schon blau anzulaufen. Ich hatte Angst, dass mir der Mann umfällt und ich noch einen Notarzt bestellen müsste. Darum bot ich ihm an, sich in mein Fahrzeug zu setzen und dort zu warten, bis die Türe wieder geöffnet war. Alle Bemühungen, ihn dazu zu bewegen, sich in meinem Fahrzeug aufzuwärmen, waren aber vergebens. So kam ich auf die Idee und holte eine alte Decke aus dem

Fahrzeug, die ja eigentlich für meinen Hund gedacht war und hängte sie ihm einfach über. Für mich schien es nur wichtig, den Mann ein wenig warm zu halten.

So traurig wie die Situation auch war, belustigte mich der Anblick doch ein wenig und ich musste mir ein Lächeln verkneifen. Nun nicht mehr ganz so zittrig vor Kälte forderte mich Her Müller auf, den Zylinder mit Gewalt aus der Türe zu entfernen.

„Lieber Herr Müller, das ist die letzte Möglichkeit, ich gehöre nicht zu denjenigen, die die Kunden übers Ohr hauen und sofort zu den harten Methoden greifen. Ich ziehe, breche oder bohre nicht sofort. Mein Motto ist, lieber etwas länger arbeiten, aber dafür schonend und zerstörungsfrei."

Ich ließ mich von ihm auch nicht beirren und arbeitete auf meine Art und Weise weiter. Dann bemerkte ich verwundert, dass die Türe doch verschlossen war. Also musste der Schlüssel doch irgendwo sein. Man kann die Türe bei einem normalen Profilzylinder nämlich nicht von außen abschließen, wenn von der Innenseite noch ein Schlüssel steckt.

Alle Bemühungen, von Herrn Müller eine aussagekräftige Antwort zu bekommen, wo er den Schlüssel gelassen hatte, waren vergebens. Er blieb bei seiner Behauptung, die Türe sei nur zugefallen und ich möchte endlich das Schloss kaputt machen, dass hätten schließlich die anderen Schlüsseldienste ja auch immer so gemacht.

Aha, dachte ich, das ist also nicht zum ersten Male passiert, dass er sich ausgesperrt hat. Meine Gedanken tendierten schon in die Richtung, dass ich etwas unternehmen müsste, nachdem ich mit meiner Arbeit vor Ort fertig war. Der Mann war ja dermaßen dement, dass er ja gar nicht mehr in der Lage war, sich selbst zu versorgen. So holte ich dann den Fräser heraus und wollte nun doch die Türe gewaltsam öffnen. Doch zum Glück kam es nicht mehr dazu. Ein kleiner blauer Wagen kam um die Ecke gefahren und hielt direkt vor meinem Fahrzeug. Eine junge hübsche blondgelockte Frau stieg aus und erkundigte sich, was ich da mache. Sie sei von der häuslichen Altenpflege und bringe dem Herrn Müller das Essen. In ihrer rechten Hand sah ich einen dicken Schlüsselbund und in der linken Hand hielt sie eine Frischhaltetüte, in der sich wohl, wie ich vermutete, das Essen befand.

„Ist das etwa ein Schlüssel von Herrn Müllers Haus?", erkundigte ich mich.

Sie bestätigte meine Vermutung.

„Sie sind der rettende Engel und kommen im richtigen Augenblick," sagte ich erfreut und erzählte ihr, warum ich da war.

Die nette freundliche Frau vom Pflegedienst belohnte mich mit einem Lächeln und lud mich ein, hereinzukommen. Sie machte mir und sich eine Tasse Kaffee, die wir noch gemeinsam bei einem kleinen Gespräch im Wohnzimmer tranken und genossen.

Allerdings ließ ich mir einen kleinen Teil meiner Bemühungen finanziell vergüten. Ich ließ mir 50 € geben und stellte ihr eine ordnungsgemäße Rechnung darüber aus.

Doch eine Frage bleibt ungeklärt: Wie ist Herr Müller durch die verschlossene Türe ohne Schlüssel auf die Straße gelangt? Es gibt zwar selbstverriegelnde Schlösser, aber bei dieser Tür war zwar ein gutes, aber nicht selbstverriegelndes Schloss verbaut. Auch die Hintertüren und alle Fenster waren fest verschlossen.

Einfach phänomenal!

Mal wieder eine Leiche

Einer Herausforderung muss sich wohl jeder Schlüsselnotdiensttechniker irgendwann einmal stellen. Der Auftrag fängt meistens mit den Worten an: „Öffnen Sie uns bitte die Türe, mein Vater, (Mutter, Onkel, Freund oder wer auch immer) geht nicht ans Telefon und reagiert auch nicht aufs Schellen und Klopfen an der Tür." Erreicht mich so ein Auftrag, schrillen bei mir mittlerweile die Alarmglocken, meistens auch zu recht. Die ersten Anzeichen, wenn man das Treppenhaus betritt, ist der überquellende Briefkasten, dann der typisch ekelhaft süßliche Geruch und im Sommer die auffallend vielen Fliegen im Treppenhaus. Die Tageszeitungen stapeln sich auf der Fußmatte vor der Wohnungstüre und der dazugehörige Treppenabschnitt wurde länger nicht gereinigt.

Bei meiner ersten Leiche, auf die ich im Rahmen als Schlüsseldiensttechniker stieß, waren die Anzeichen ähnlich.

In diesem Fall wurde ich telefonisch von einer Frau B. aus Duisburg mit folgenden Worten angerufen: „Hallöchen, Sie haben doch einen Schlüsselnotdienst, können Sie bitte bei meiner Mutter Frau C. in Mülheim einmal die Türe öffnen und in die Wohnung schauen, ob alles in Ordnung ist? Ich habe schon ein paar Tage nichts von ihr gehört, sie geht nicht ans Telefon, auch die Nachbarn versuchen vergebens sie zu erreichen."

„Ich verstehe im Moment nicht, was Sie von mir wollen. Wenn Ihre Mutter die Tür nicht öffnet, kann ich doch als Fremder nicht einfach bei Ihrer Mutter vorbeifahren, die Tür öffnen und nachschauen, wie es ihr geht. Da müssen Sie schon selbst vor Ort dabei sein und sich legitimieren. Außerdem, ich möchte Ihnen keine Angst machen, aber ich habe ein ungutes Gefühl bei der Sache. Meinen Sie nicht, es ist besser, Sie rufen die Feuerwehr an und schildern den Fall? Sie müssen bedenken, dass Ihre Mutter dringend medizinische Hilfe benötigen könnte. In solch einem Fall ist es besser, man ruft den Notruf der Feuerwehr, die haben dann wenigstens die Möglichkeit sofort Hilfe zu gewähren. Die kommen in solchen Fällen in der Regel dann auch sofort mit einem Rettungswagen und können den Patienten oder Verunglückten schnellstens einem Krankenhaus zuführen."

Ich wollte nicht sofort schweres Geschütz auffahren und sie damit konfrontieren, dass ich mit dem Tod Ihrer Mutter rechnete.

„Nein, meine Mutter ist ganz fidel, der geht's bestimmt gut." Ich wollte über dieses dumme Argument auch nicht länger diskutieren und willigte ein, in ihrer Anwesenheit die Türe zu öffnen. Wir vereinbarten, dass wir uns in eineinhalb Stunden vor dem Haus ihrer Mutter treffen würden. Ich weiß nicht warum, aber dieses Mal habe ich nicht lange diskutiert, sondern traf mich mit meiner Auftraggeberin vor Ort.

Als ich am Auftragsort eintraf, stand Frau B. schon wartend da und begrüßte mich mit einem Lächeln und den Worten: „Schön, dass Sie pünktlich sind und mich nicht warten lassen."

Meine Gedanken waren: „Ich hoffe, das Lächeln wird Ihnen nicht gleich vergehen."

Frau B. schellte bei einer Nachbarin an, sodass wir schon einmal ins Treppenhaus gelangten. Sodann gingen wir in die erste Etage. Ich schellte und klopfte noch einmal kräftig, doch es kam keine Reaktion aus der Wohnung. „Totenstille", dachte ich. In solchen Fällen ist es besser, lieber nicht zu viel zu denken und zu reden, sondern lieber zügig zu arbeiten, denn reden kann man später immer noch. Ich hatte Glück, dass die Tür nicht verschlossen war, sondern nur zugezogen. So konnte ich mit meinem Spezialwerkzeug die Tür in ein paar Sekunden öffnen.

Nachdem ich die Tür geöffnet hatte, drängte Frau B. sich an mir vorbei und stürmte ins Schlafzimmer ihrer Mutter. Von dort hörte ich dann einen Aufschrei und einen dumpfen Knall.

Ich rief einmal nach Frau B. „Frau B., alles in Ordnung, kann ich Ihnen helfen"? Doch es kam keine Antwort. Dann tat ich etwas, was ich sehr ungerne mache, ich betrat einfach die Wohnung und schaute nach. Frau B. lag vor dem Bett ihrer Mutter, die lag total verdreht mit groß aufgerissenen Augen in ihrem Erbrochenem. Selbst ich als Laie konnte sofort erkennen, dass die Mutter von Frau B. verstorben war. Nun hieß es, sich um die bewusstlose Frau B. zu kümmern. Ich packte sie an den Schultern, hievte sie etwas hoch und packte nach, sodass ich sie nun gut und fest unter den Armen nach draußen in den Korridor ziehen konnte, wo sie auch sofort wieder zu sich kam. Daraufhin wählte ich über mein Handy sofort die Notrufnummer 112 und schilderte den Fall.

Frau B. riet ich, einfach auf dem Boden sitzen zu bleiben. Sie bat mich noch, aus der Küche für sie ein Glas Wasser zu holen.

Dann nahm alles seinen Lauf, der in solchen Fällen üblich ist. Die Feuerwehr kam und brachte auch sofort einen Notarzt mit. Der Notarzt informierte die Mordkommission, nachdem er sich die Tote angeschaut hatte, die bei nicht sofortiger und eindeutiger Sachlage des Todes hinzugerufen werden muss.

Ich blieb selbstverständlich noch vor Ort, bis die Kriminalbeamten da waren und musste auch noch ein paar Fragen beantworten. Wer ich bin, warum ich die Wohnung geöffnet habe, wie ich die Tote vorfand und so weiter …

Das hatte aber nichts mit der Situation zu tun, sondern gehört zum Standardprogramm der Polizei. Jedenfalls bin ich immer wieder froh, wenn ich meine Aussagen gemacht habe und wieder nach Hause fahren kann. Meistens ist der Tag dann für mich gelaufen, denn auch ich muss so etwas erst verarbeiten und nehme an solchen Tagen keine weiteren Aufträge mehr an.

*Eine Nacht im Knast.

Diese Geschichte ist frei erfunden. Allerdings habe ich mir schon etwas dabei gedacht, sie Ihnen zu präsentieren. Denn Schlüsseldienste haben eine hohe Verantwortung. Sie müssen sich stets vergewissern, wem sie Türen und Tore öffnen. Wird jemandem eine Tür geöffnet, der gar nicht berechtigt war, sich dort aufzuhalten, kann dem Schlüsseldienst eine Mitschuld angelastet werden. Mit anderen Worten, rechtlich gesehen war er eventuell sogar Einbruchshelfer. Also tauchen Sie ein in die Story und Sie werden erkennen, wie schnell man sich als Handwerker aufs Glatteis begeben kann.

Jürgen und Michael trafen sich auf einer Sylvesterparty in München. Im vergangenen Sommer hatten sie auf derselben Schule ihr Abitur gemacht. Jürgen war dann auf die Universität gegangen, Michael hingegen hatte im väterlichen Betrieb als Praktikant angefangen.

Freundschaftlich klopfte Jürgen Michael auf die schmale Schulter und fragte ihn: „Na alter Junge, wie gefällt dir die Arbeit?"

Ohne eine Antwort abzuwarten, fügte er hinzu:

„Mir selbst geht es gut, dass bisschen Uni packe ich mit links. Hättest auch weiter studieren sollen. Aber nein, du wolltest dich ins gemachte Nest setzen, von Papi die Firma übernehmen."

Obwohl Jürgen und Michael gute Freunde sind, war immer ein bisschen Neid und Konkurrenzkampf zwischen ihnen.

„Jürgen, ich muss dir unbedingt erzählen, was mir vor ein paar Tagen zugestoßen ist. Mein Vater hatte eine geschäftliche Besprechung, darum musste er etwas eher als gewöhnlich gehen. Ich sollte noch wichtige Papiere in den Tresor einsortieren und dann ebenfalls Feierabend machen. Gabi, meine neue Freundin, wartete vor der Türe im Auto und hatte mich schon zweimal übers Handy angerufen, ich möchte mich doch bitte beeilen. Ihre Mutter hatte Geburtstag, wir wollten noch ein Geschenk für sie einkaufen. So passierte es dann. - Papiere in den Tresor geworfen und schon sauste ich los. Ziehe die Türe hinter mir zu, renne die drei Stockwerke herunter und falle vor lauter Eile noch fast auf die Nase.

Da saß sie, meine Gaby, schön wie immer. Die Finger wippend auf dem Lenkrad, den Mund schmollend verzogen. Zur Begrüßung fauchte sie mich an.

‚Na endlich, die Geschäfte schließen gleich.'

Ich wollte antworten, aber da überrollten mich meine Gedanken. Das Blut stieg mir in den Kopf, Hitzewellen überfluteten mich und der Schweiß brach mir aus.

‚Was ist los?', fragte Gaby erstaunt, als sie mich ansah. ‚Ich bin nicht mehr böse mit dir', sagte sie beschwichtigend.

‚Das hat mit uns nichts zu tun, Gaby', stotterte ich mit trockener Kehle.

‚Mir fiel nur gerade ein, dass ich den Tresor nicht verschlossen habe. Mein Vater hängt mich auf, wenn er morgen in die Firma kommt und der Tresor steht offen. Zu allem Unglück habe ich die Firmenschlüssel auch noch auf dem Schreibtisch liegen lassen. Nun komme ich nicht einmal mehr in das Bürogebäude rein.'

‚Ich habe eine Idee', quasselte Gabi los. ‚Nach dem Einkauf setze ich dich wieder hier ab, dann rufen wir einen Schlüsseldienst, der schließt dir die Türe auf, du kannst den Tresor verschließen und dein Vater bekommt von alledem nichts mit.'

Sie sah mich erwartungsvoll an und erwartete jetzt wohl ein Lob von mir.

„'Vielleicht hat sie ja gar nicht so unrecht', dachte ich. ,Um dem ganzen Ärger mit meinem Vater aus dem Weg zu gehen, werde ich mich ihres Vorschlags wohl bedienen.'

Der Einkauf verlief harmonisch. Von unterwegs beauftragten wir per Handy einen Schlüsseldienst.

Fast gleichzeitig trafen wir vor dem Gebäude ein. Das Fahrzeug des Schlüsseldienstes parkte unmittelbar vor Gabis Wagen.

Sie blieb im Fahrzeug. Ich begab mich zu dem Schlüsseldienstmonteur, stellte mich kurz vor und erklärte ihm, was passiert war. Ein Nachbar ließ uns ins Treppenhaus. Es ging ruck zuck und der Schlüsseldienstmann hatte die Bürotür geöffnet.

Ich wollte an ihm vorbei und die Tresortüre schließen.

,Halt, junger Mann', fuhr er mich an. ,Weisen Sie sich bitte erst einmal aus.'

So ein Mist aber auch, meine Papiere befanden sich unten bei Gaby im Fahrzeug.

‚Moment‘, sagte ich und rannte die Treppen runter, um meine Ausweispapiere zu holen. Doch Gaby war weg, ausgerechnet jetzt, wo ich sie am nötigsten brauchte.

Und was ich dir erzähle, Jürgen, ist wahr, voller Wut rannte ich wieder hoch und versuchte die Situation, in der ich mich befand, zu klären. Doch der Schlüsseldienstmann hatte schon die Polizei alarmiert. Da ich auch denen gegenüber aufbrausend und frech war, wurde ich mitgenommen und musste eine Nacht in der Zelle verbringen.“

Dumm gelaufen. Man sollte die Gedanken zusammenhalten und vor allem, sich wohlwollend überlegen, wie man mit seinem Gegenüber spricht.

Gut versteckt

In der Nähe meiner Geschäftsadresse wurde ein Mehrfamilienhaus versteigert. Dazu ein großes Grundstück mit circa 15 Garagen. Der neue Eigentümer suchte mich in meinem Laden auf und stellte sich mit Namen Maier als mein neuer Nachbar vor. Ein wenig schleimte er, indem er immer wieder betonte, wie schön es ist, einen Schlüsseldienst und Sicherheitsunternehmen als Nachbarn zu haben. Gäbe es mal Probleme mit den Schlössern oder generell an Fenstern und Türen, würde er sich vertrauensvoll an mich wenden. Wir tratschten noch ein wenig über Gott und die Welt, dann verabschiedete er sich und bedankte sich für das nette Gespräch. Ich bedankte mich ebenfalls und verabschiedete mich auch von ihm.

Etwa nach drei Wochen betrat Herr Maier erneut mein Geschäft.

„Schönen guten Morgen, Chef", sagte er.

Ich erwiderte den Gruß.

„Erkennen Sie mich noch?", fragte er.

„Ähm", dann kam eine kleine Denkpause von mir, „natürlich, Herr Maier."

„Ich habe ein Problem, Chef."

„Probleme sind da, um sie zu lösen", sagte ich. „Also schießen Sie mal los."

„Wie Sie ja wissen, gehören zu meinem Haus auch mehrere Garagen. Eine Garage ist dabei, wozu ich keinen Schlüssel bekommen habe und die ich auch keinem meiner Mieter zuordnen kann. Nun möchte ich Sie bitten, mir die Garage zu öffnen und gleichzeitig ein neues Schloss einzubauen, damit ich sie vermieten kann."

„Ja Herr Maier, das sollte kein Problem sein."

„Wann haben Sie denn Zeit dazu?", fragte er mich.

„Ich habe in 10 Minuten Mittagspause. Wir könnten dann eben zu Ihrer Garage gehen und sie öffnen."

„Das wäre ja ganz toll", freute er sich.

Ich bat ihn, noch einen Moment Platz zu nehmen. Dann, Punkt 13:00 Uhr, packte ich eben meine Fräse in meinen Werkzeugkoffer ein, nahm einen neuen Garagenschließzylinder von meinem Ladenbestand und begab mich mit Herrn Maier zu seiner Garage.

„Haben Sie bei der Schlüsselübergabe auch wirklich keinen Schlüssel für die Garage dazu bekommen?", fragte ich ihn.

„Nein, bestimmt nicht, ich habe alle Schlüssel wenigstens drei Mal ausprobiert. Es ist wirklich kein passender dabei gewesen."

„Na gut, dann werde ich Ihnen jetzt die Garage öffnen."

Ich spannte in der Fräse einen Spezialfräskopf ein, begab mich in die Hocke, so dass ich gut an den Schließzylinder herankam, ließ die Maschine auf Touren kommen und fräste innerhalb von 25 Sekunden den Zylinderkern heraus. Danach öffnete ich mit einem Schraubendreher das Schloss und schob das Garagentor hoch.

Oh je, da stand ein verunfallter schwarzer Audi drin. Wir schauten uns fragend an und keiner hatte sofort eine Lösung parat. Dann fand Herr Maier als Erster die Worte wieder.

„Ich lass mir etwas einfallen. Wahrscheinlich wende ich mich an die Polizei. Bauen Sie mir bitte erst einmal einen neuen Schließzylinder ein."

So baute ich ihm dann einen neuen Schließzylinder ins Schloss. Danach kam er noch mit zu mir in den Laden. Wir setzten uns in mein Büro, wo ich auch sofort begann, die Rechnung für ihn zu schreiben.

„Kann ich Ihnen den Betrag überweisen?", fragte er mich.

„Natürlich", sagte ich knapp.

„Wissen Sie was?", fing er ein neues Gespräch an, „kann ich nicht von hier aus ihrem Büro eben die Polizei anrufen?"

Ich stimmte zu und deutete mit einer Handbewegung auf mein Telefon. Er griff zum Hörer und ließ sich mit der für unsere Gegend zuständigen Polizeidienststelle über die Auskunft verbinden. So bekam ich dann mit, dass die Polizei gar kein großes Interesse an Herrn Maiers Schilderung zeigte. Nach etlichem Hin und Her ließen sie sich dann doch noch überreden, einen Streifenwagen vorbeizuschicken.

Nachdem Herr Maier mich gefragt hatte, ob es mir recht sei, bei mir auf die Polizei zu warten, bat er dann am Telefon darum, dass sich die Beamten, wenn sie vor Ort seien, eben bei mir im Laden melden würden.

Nachdem das geklärt war, schenkte ich uns, um die Wartezeit zu verschönern, einen schönen heißen Kaffee ein. Wir redeten noch über dies und jenes, bis dann endlich nach einer Dreiviertelstunde eine in ihrer Uniform hübsch aussehende Polizeibeamtin meinen Laden betrat.

Herr Maier stand sofort auf und begab sich mit einer freundlichen Begrüßung zu ihr. Herr Maier erklärte ihr kurz, worum es ging und verließ dann mit ihr mein Geschäft.

Ich schaute noch hinterher und sah, wie aus dem Streifenwagen ein großer kräftiger Polizeibeamter stieg und sich den beiden anschloss.

Zwei Tage waren vergangen, als Herr Maier wieder meinen Laden betrat.

„Hallöchen Chef", begrüßte er mich freundlich. „Jetzt habe ich Ihnen aber eine Story zu erzählen."

„Kommen Sie ins Büro", forderte ich ihn auf.

„Ein Kaffee?"

Er nickte zustimmend und unterstrich seine Gestik mit den Worten: „Immer gerne."

Ich bemerkte schon seine Ungeduld, mir endlich mitteilen zu können, was ihm widerfahren war. Als sich endlich der Kaffee in den Tassen befand, legte er los.

„Die Polizei hat anhand der Kennzeichen eine Halterfeststellung durchgeführt, und was meinen Sie, was dabei herauskam?"

„Ich habe nicht die geringste Ahnung", sagte ich, nun aber doch neugierig geworden.

„Das Fahrzeug wurde vor einem Jahr als gestohlen gemeldet. Dann wurde in Belgien ein Juwelier überfallen und schwer angeschossen. Die Täter flüchteten mit einem schwarzen Audi, rammten noch ein querendes Fahrzeug und wurden nie gefasst. Ich denke, Sie wissen schon, was jetzt kommt?"

Ich nickte. „Das war das Fahrzeug in Ihrer Garage, nicht wahr?"

„Genau, die Täter haben vorsorglich in ihrer Planung eine Garage angemietet. Wahrscheinlich unter falschem Namen, begangen den Raub und stellten den Wagen in der Garage ab. So gewannen sie jede Menge Zeit, bis Gras über die Sache gewachsen war und konnten sich dann in aller Ruhe absetzen. Ihnen war wohl klar, dass es eine kleine Ewigkeit dauern würde, bis jemand das Fahrzeug in der Garage finden würde. Wäre das Haus nicht versteigert worden, oder sie hätten einfach mal Miete für die Garage bezahlt, wäre der Wagen bis fast in alle Ewigkeit da verrottet.

Eigentlich clever, oder was meinen Sie, Chef?"

Da konnte ich ihm nur zustimmen.

Ich hoffe, dass die Polizei die Täter noch ermitteln kann. Obwohl es mich brennend interessiert, was daraus geworden ist, liegt es leider nicht in meiner Macht, das in Erfahrung zu bringen. Eigentlich traurig. Man ist auf eine bestimmte Art und Weise in eine Sache involviert, und steht als normaler Bürger da wie ein dummer Junge, dem keiner was sagt oder sagen darf.

Personal als Gesindel

In meinem zuerst erschienenen Buch **„Achtung – Handwerker!"** habe ich mich schon ausführlich dem Kapitel „Personal und Personalführung" gewidmet. Allerdings finde ich Folgendes, was mir mit meinem Personal an meiner damaligen Tankstelle widerfahren ist, so abartig, hinterhältig und bösartig, dass ich ihnen das, liebe Leserinnen und Leser nicht vorenthalten möchte. Wenn Sie „Achtung – Handwerker!" gelesen haben sollten, haben Sie vielleicht noch in Erinnerung, wie ich von meinen Leuten an der Kasse schamlos betrogen wurde. Zum Glück hatte ich den Betrug aber schnell bemerkt und konnte den Schuss nach hinten losgehen lassen. Hier an dieser Stelle möchte ich Ihnen nun einen weiteren Fall schildern, der sich wiederum mit treulosem Personal zugetragen hat.

Meine Tankstelle war nicht besonders groß. Sie besaß nur vier Tanksäulen, zuzüglich einer Dieselzapfsäule. Allerdings hatte ich noch eine Werkstatthalle und eine Waschanlage dabei. Okay, einen Verkaufsraum mit allem, was man auch heute noch an Tankstellen so kaufen kann, war auch vorhanden. Natürlich waren auch ein Büro und Lagerräume verfügbar sowie eine Stellfläche für Kundenfahrzeuge.

Es war noch zu der Zeit, als man bei jeder Preisumstellung den Tankbetrieb stoppen musste, was nicht gerade kundenfreundlich war. So einige Beschimpfungen von ungeduldigen Kunden musste man über sich ergehen lassen. Die Zapfsäulen wurden geöffnet und von Hand wurde über ein Stellrad der neue Preis eingegeben. Außerdem war es wichtig, auch schwindelfrei zu sein, denn ein Preisschild, das etwa vier Meter hoch an einer Art Fahnenmast befestigt war, wurde von Hand mit den neuen Preisen bestückt. Dazu musste man sich jedes Mal einer langen Leiter bedienen.

Wie einfach haben es die Tankwarte heute dagegen. Die bekommen selbst gar nicht mehr mit, wenn sich der Preis ändert. Vom Hauptsitz der Mineralölgesellschaften werden die Preise ferngesteuert umgestellt, ohne dass jemand den laufenden Betrieb einstellen muss. Vielleicht haben einige kleine Privattankstellen das noch nicht, wenn dem so ist, sind das aber nur noch wenige. Jedenfalls war ich als junger Kfz-Meister damals sehr stolz auf meine kleine Tankstelle. Stellen Sie sich vor, jung, den Meistertitel in der Tasche und schon selbstständig. Eigenes Personal, für das man ja auch Verantwortung trägt. Nicht nur fürs Personal, nein, auch für die Tankstelle mit allem Drumherum. Kundengespräche und Kundenakquise, Einkauf, Verkauf, Werkstatt, Waschanlage und im ständigen Gespräch mit der Mineralölgesellschaft zu sein, von der man die Tankstelle gepachtet hat. Mit das Wichtigste sind die kaufmännischen Abläufe, und Sie können mir glauben, liebe Leserinnen und Leser, das unterschätzen viele Jungunternehmer und gehen sang- und klanglos daran zugrunde. Vielleicht hatte ich noch vergessen zu erwähnen, dass ich ja auch zwischendurch auf der Abendschule BWL studiert hatte. Trotzdem habe auch ich viele Fehler gemacht und vor Ort an der Tankstelle noch viel gelernt. Vielleicht war es aber auch der jugendliche Leichtsinn, der einen schon mal ins Schwanken brachte.

Aber das wollte ich Ihnen ja gar nicht erzählen, sondern von dem hinterhältigem Personal.

Trotz meiner geringen Erfahrungen als Jungunternehmer habe ich mich für einen guten Chef gehalten. Ich denke, ich war es auch. Das Gehalt, das ich gezahlt habe, war sogar übertariflich und auch sonst konnte man zu jeder Zeit mit jeglicher Art von Problemen zu mir kommen und mit mir darüber reden.

Bevor ich nun zu dem Vorfall komme, von dem ich Ihnen berichten möchte, muss ich Ihnen kurz die Räumlichkeiten der Tankanlage vor Augen führen.

Betroffen waren der Werkstattbereich, die Waschanlage und das Lager. Diese drei Teilbereiche waren miteinander von innen mit Türen verbunden, sodass man nicht ständig die Halle über den Außenbereich verlassen musste, um von einem Raum in den anderen zu gelangen. Der Lagerraum hatte von der Außenseite, nicht im Blickfeld der Kundschaft, noch eine zusätzliche Tür, die aber stets verschlossen war, da wir sie nie benutzten.

Mein Vater, schon Frührentner, war eine große Hilfe für mich. Er hielt sich fast den ganzen Tag bei mir auf. Führte auf der Tankanlage bei den Kunden kleine Servicearbeiten aus, machte für mich Besorgungen und war halt der Mann für alle Fälle. Abends zu unbestimmten Zeiten brachte er die Tageseinnahmen, die ich in einer Geldbombe verstaut hatte, zur Bank. Und wenn ich um 22:00 Uhr die Tankstelle schloss und mich der Tagesabrechnung widmete, baute er die Tankstelle ab. Er stellte die Scheibenreinigungseimer und Luftprüfer in die Halle, leerte die Abfallkörbe und verschloss die Hallen.

Doch an diesem besagten Abend sollte es anders kommen. Mein Vater kam in den Verkaufsraum und sagte: „Die Hintertür des Lagerraums ist nicht mehr verschlossen. Hast du die Tür geöffnet?"

Ich schaute ihn erstaunt an und sagte: „Die Tür hatte ich noch nie aufgeschlossen, die ist doch eigentlich überflüssig."

Ich schaute in dem Schlüsselkasten nach, ob alle Schlüssel vorhanden waren. Das waren sie und somit hatten wir keine Erklärung, wer und vor allem warum jemand die Tür aufgeschlossen haben sollte.

Mein Vater, der ja logischerweise mehr Lebenserfahrung als ich hatte, meinte nach kurzem Überlegen: „Die kann doch nur jemand geöffnet haben, der hier unberechtigt eindringen will."

„Das kann ja dann nur einer meiner Tankwarte sein und das glaube ich nicht, das traue ich denen einfach nicht zu", erwiderte ich.

„Sollen wir wetten?", sagte er.

Ich willigte ein. „Wir wetten einfach nur ums Recht", sagte ich und fragte ihn, was wir seiner Meinung nach tun sollten.

„Morgen ist ja Sonntag, du kannst dich ausschlafen, da du ja morgen geschlossen hast. Lass uns die Nacht hier verbringen und uns auf die Lauer legen."

Ich fand es sehr übertrieben, ließ mich aber doch auf das Angebot ein, denn ich wollte meine Wette ums Recht ja gewinnen. So setzten wir uns in mein Büro, das sich hinter dem Kassenraum befand und ließen die Tür einen Spalt auf, damit wir Sicht nach draußen zur Fahrbahn hatten. Damals war ich noch Raucher. Ich zündete mir mein Pfeifchen an und zog genussvoll den Rauch in die Lunge. Mein Vater rauchte seine Zigarettchen, dabei tranken wir nicht gerade wenig Kaffee und konnten uns mal richtig nett unterhalten. Neben uns hatten wir noch zwei mittelgroße Holzlatten als Verteidigungswerkzeuge positioniert. Meine Hoffnung, die Latten nicht gebrauchen zu müssen, sollte sich leider nicht erfüllen.

Es war ziemlich genau Punkt 2:00 Uhr nachts, als ein Auto auf das Gelände gefahren kam, vor der Waschhalle parkte und sofort das Licht ausschaltete.

Wir veränderten unsere Position so, dass wir das Gelände im Blick hatten, aber selbst nicht gesehen werden konnten. Da die Tankstelle abends nur Notbeleuchtung besaß, lag der Bereich Waschanlage, Werkstatt und Lager im Dunklen. Schemenhaft konnten wir erkennen, wie zwei Gestalten aus dem Fahrzeug schlichen und die Fahrzeugtüren nur anlehnten, um das Geräusch von zuschlagenden Autotüren zu vermeiden.

Ich bemerkte, dass ich einen Kloß im Hals verspürte, der mir das Schlucken erschwerte. Mein Blutdruck muss bis ins Unermessliche gestiegen sein und ich fing leicht an zu zittern.

Mein Vater, fast 1,90 Meter groß und wirklich sehr kräftig, griff nun zu einer der von uns bereitgelegten Holzlatten und ging Richtung Ladentür. Er schloss leise drehend das Schloss auf und gab mir mit einer Kopfbewegung ein Zeichen, ihm zu folgen. Ich griff auch zu meiner Holzlatte und folgte ihm. Leise und im Schneckentempo begaben wir uns Richtung Hinterausgang Lagerraum.

Der eine Ganove muss wohl Schmiere gestanden haben und hatte uns bemerkt.

„Scheiße", schrie er, „da ist wer, los nichts wie weg!" Und die beiden Gestalten, die wie Schatten wirkten, wollten an uns vorbei sprinten. Dabei hatte er nicht mit der Faust meines Vaters gerechnet, die ihn voll traf und zu Boden schleuderte.

Ich, nicht ganz so kräftig wie mein Vater, donnerte dem zweiten Ganoven die Holzlatte voll vor das Schienbein. Dieser überschlug sich mehrmals im Laufen und kam nun heulend vor seinem Fahrzeug zu liegen. Ich packte ihn am Kragen, riss ihn hoch und konnte mir nicht verkneifen, ihm noch eine kräftige Kopfnuss zu verpassen. Es knackte furchtbar und auch dieser Bursche lag nun winselnd auf dem Boden.

Zu der Zeit waren Handys noch nicht Standard und so musste ich mich zu meinem Büro begeben, um die Polizei zu alarmieren. „Bringen Sie direkt einen Krankenwagen für das Pack mit", sagte ich noch, was aber nicht gut ankam.

Ich hatte absolut keinen Sinn dafür, mich jetzt noch mit der Polizei anzulegen, nur, weil sie mich für meine Ausdrucksweise rügten. Jedenfalls waren sie recht schnell da und packten das Gesindel ein.

Wie sich später nach der Vernehmung auf der Wache herausstellte, hatte tatsächlich mein Tankwartgehilfe die Türe geöffnet, zwei Freunde beauftragt, bei mir einzubrechen und mich zu bestehlen.

Selbstverständlich folgte eine fristlose Kündigung mit einer Anzeige.

Ob Sie es glauben oder nicht, nach ein paar Tagen rief mich mein ehemaliger Tankwartgehilfe an und bat mich für seine neue Arbeitsstelle um ein Arbeitszeugnis.

Es ist nicht so einfach, wie man vielleicht denkt, wenn man mit der Materie nicht ständig zu tun hat, so ein Zeugnis zu schreiben, das ja auch augenscheinlich nicht negativ ausfallen darf und man doch zwischen den Zeilen dem zukünftigen Arbeitgeber etwas mitteilen möchte.

Das ist das Los der kleinen Einzelunternehmen, um alles, aber wirklich um alles muss man sich selbst kümmern. Allerdings haben wir in der heutigen Zeit einen kleinen Vorteil gegenüber früheren Zeiten, wir können uns zu jedem Thema und jedem Problem im Internet informieren und einen passenden Beitrag dazu finden. Trotzdem benötigt man einen gesunden Menschenverstand, ich sage nur eins: „VORSICHT VOR FAKES".

Gott in Weiß

Folgende Geschichte habe ich leider auch selbst erlebt und zwar ganz zu Anfang meiner Selbstständigkeit als Schlüsseldienstler.

Da jeder Anfang einer Selbstständigkeit eine große Herausforderung für Jungunternehmer darstellt, gerade in Bezug auf Auftragsvolumen, schloss ich mich damals einer großen Vermittlerfirma an, die Schlüsseldienstaufträge an selbstständige Unternehmer gegen Provision vermittelte. So nahm ich einen Auftrag in Meerbusch entgegen, der etwa 45 Km von Essen entfernt war.

Bei einer älteren Dame, ich schätzte sie damals so auf 85 Jahre, hatte man versucht einzubrechen, während sie im Krankenhaus war.

Frau Krause (Name geändert) war wohl nicht gerade eine arme Frau, aber ihre Türe war eine Katastrophe. Die Tür war noch mit einem uralten Rundzylinder ausgestattet, den die Ganoven versucht hatten aufzubrechen. Allerdings war ihnen das nicht gelungen. Entweder waren sie mit der alten Technik überfordert gewesen, oder wurden bei ihrem Vorhaben dort einzubrechen gestört. Jedenfalls war alles kaputt.

Ich baute die zerstörten Teile ab, also den Beschlag, den Rundzylinder und das dazugehörige Einsteckschloss. Außerdem entfernte ich noch das verbogene Schließblech, um es später auch noch gegen ein neues auszutauschen.

Nach Absprache mit Frau Krause machte ich mich auf den Weg nach Essen, um bei meinen Lieferanten ein neues Schloss, Schließzylinder, Beschlag und Schließblech zu besorgen.

Mein Lieferant lächelte mich, den noch etwas unerfahrenen Schlüsseldienst, an und sagte dann: „Sie wollen doch nicht ernsthaft wieder einen Rundzylinder verbauen, zumal ja alles kaputt ist und sowieso getauscht werden muss. So etwas haben wir gar nicht mehr auf Lager, das muss bestellt werden. Und das wird dann richtig teuer. Rüsten Sie doch die ganze Schließeinheit um, auf den heutigen Stand der Technik, also auf Profilzylinder."

Aufgrund der guten Beratung nahm ich nun die von ihm empfohlenen Teile mit und fuhr zurück zu Frau Krause.

Ich erklärte ihr, dass ich ihre Tür nun mit einem neuen modernen Schloss und was dazu gehört, vernünftig aufrüsten würde. Dann sagte ich ihr noch, dass die Teile, so wie sie vorher verbaut waren, gar nicht mehr sofort zur Verfügung gestanden hätten und sie mehrere Tage ihre Tür nicht hätte abschließen können. Außerdem wäre die Reparatur dann noch um einiges teurer geworden. Immerhin hatte sie jetzt sogar noch einen viel resistenteren Einbruchschutz.

Sie stimmte allem zu. Als ich mit meiner Arbeit fertig war, fragte ich sie noch, ob ich von ihrer Tür Fotos machen durfte, denn ich fand meine Arbeit so schön und gelungen, dass ich mir die Fotos aufheben wollte.

Auch dagegen hatte sie keinen Einwand. Dann schrieb ich die Rechnung und präsentierte sie ihr mit den Worten, dass mir Barzahlung sehr lieb wäre.

„Tut mir leid, aber ich habe nicht so viel Bargeld im Haus. Ich verspreche Ihnen, ich werde sofort morgen früh zur Bank gehen und die Rechnung begleichen."

Da die Frau einen so vernünftigen und ehrlichen Eindruck auf mich machte, vertraute ich ihr blind.

„Aber lassen Sie mich nicht hängen", bat ich sie trotzdem noch einmal ausdrücklich.

„Nein, Sie können sich hundertprozentig darauf verlassen, morgen früh veranlasse ich die Überweisung."

Zu Hause angekommen, ließ ich den Tag noch einmal Revue passieren und schaute mir auch noch einmal die Rechnung an, die ich Frau Krause hinterlassen hatte.

Ich war ganz schön blöd. Ich war fast 200 Km gefahren, zweimal Essen – Meerbusch und zurück. Die Teile waren auch nicht gerade preiswert und ich musste ja auch noch an die Vermittlerfirma einen Abschlag zahlen. Jedenfalls hatte ich nicht viel an dem Auftrag verdient und sagte mir, die Frau Krause ist ja ganz nett und alt, so habe ich eben ein gutes Werk getan.

Eine Woche war nun vergangen und ich konnte auf meinem Bankkonto immer noch keine Geldanweisung von Frau Krause ausmachen. So beschloss ich noch ein wenig zu warten. Doch auch die nächste Woche verstrich ohne Zahlungseingang. Nun schon nervös geworden, schrieb ich freundlich eine Zahlungserinnerung. Auch diese blieb unbeantwortet und erfolglos. Also griff ich zum nächst-schwereren Geschütz und sandte ihr eine Mahnung zu. Damals war ich noch der Meinung, wie viele andere Leute, dass man dreimal mahnen müsse, um weitere Schritte gegen seinen Schuldner einzuleiten (gerichtlichen Mahnbescheid erlassen). Aber dem ist nicht so. Hätte ich auf der Rechnung ein Zahlungsziel eingetragen, zum Beispiel, „zahlen Sie bis zum …", ist der Schuldner mit Erreichen des Zahlungsziels in Verzug und ich hätte sofort, ohne eine Mahnung zu schreiben, einen Mahnbescheid erlassen können.

Nachdem noch eine weitere Woche vergangen war, bekam ich einen Brief von Frau Krauses Sohn, der in Bremen als selbstständig niedergelassener Facharzt Schönheitskorrekturen anbot und vornahm. Dieser Brief haute mich umgangssprachlich gesehen vom Hocker.

Sehr geehrter Herr Sarfeld,

das ist doch immer das Gleiche mit euch Handwerkern. Alte Leute über den Leisten ziehen. Ihr seid alle Abzocker und Ganoven. Kein Scham- und Ehrgefühl. Gerade ihr vom Schlüsseldienst, ihr seid die Schlimmsten. Aus der Not eurer Kundschaft zieht ihr euer Kapital, ich wünsche eurer Zunft alles, nur nichts Gutes.

Nun überdenken Sie noch einmal Ihre Rechnung und senden mir persönlich Ihre neu kalkulierte Rechnung zu. Dann werde ich entscheiden, ob ich sie im Namen meiner Mutter so akzeptiere und begleichen werde.

Ich behalte mir vor, eine Anzeige wegen Wucher gegen Sie zu erwirken.

Hochachtungsvoll, Dr. Krause

Meine lieben Leserinnen und Leser, ich denke, Sie können sich in meine Lage versetzen, was mir damals in dem Moment so alles an Gedanken durch den Kopf schoss. Jedenfalls verbrachte ich die nächste Nacht fast schlaflos. Auf gar keinen Fall wollte ich mir diese Beschuldigungen, Beleidigungen und Einschüchterungsversuche gefallen lassen. Schon gar nicht wollte ich meine sowieso schon viel zu preiswerte Rechnung nach unten korrigieren. Was blieb mir übrig? Ein Rechtsanwalt musste her. Leider hatte ich keine Versicherung, die Anwaltsgebühren im Fall von Streitigkeiten mit Kunden abdeckt. Als Kleinunternehmer sind diese Rechtsschutzversicherungen vom Beitragsvolumen her kaum zu bewältigen. Da ich bis dato in meinem Leben so gut wie nie einen Rechtsanwalt benötigt hatte, stand ich ziemlich dumm da und fragte bei mehreren Berufskollegen nach, ob sie mir einen guten Rechtsanwalt empfehlen könnten.

So entschied ich mich dann für Rechtsanwalt Blaumann (Name geändert). Es gelang mir, mit Herrn Blaumann sehr kurzfristig einen Termin zu vereinbaren. So packte ich dann alle relevanten Unterlagen zusammen und nahm den Termin noch am gleichen Tag wahr.

Herr Blaumann empfing mich sehr freundlich und nahm sich wirklich Zeit für mich und mein Anliegen.

Nachdem ich ihm nochmals alles ausführlich geschildert und erklärt hatte, meinte er zu mir:

„Das ist wirklich der Gipfel der Frechheit, was sich dieser Dr. da leistet. Ich rate Ihnen dazu, sich von ihrem Lieferanten bestätigen zu lassen, dass der Umbau für den Kunden die beste und lukrativste Lösung war."

Ich nahm mir seine Empfehlung zu Herzen und ließ mir von meinem Lieferanten die Preise der Ersatzteile für den Umbau auf ein zeitgemäßes Schloss geben als denn auch die Preise für die ursprüngliche Ausführung des Schlosses. Außerdem ließ ich mir noch bestätigen, dass die Bestellung der Teile für die alte Ausführung des Schlosses mindestens zehn Tage gedauert hätte und somit ein Verschließen der Tür nicht mehr möglich gewesen wäre.

Mit dieser Bestätigung war ich dann zwei Tage später wieder bei Herrn Blaumann.

Er empfing mich freundlich und sagte mir, dass er schon alles soweit vorbereitet habe und unser Widerspruch morgen dem Kläger zugesandt würde.

Dieser arrogante Dr. Krause wollte nicht nachgeben und drohte obendrein mit einer Klage, die er später tatsächlich auch bei Gericht über seinen Rechtsanwalt einreichte.

Meine lieben Leserinnen und Leser, ich möchte Sie jetzt nicht zu sehr mit Details langweilen, sondern komme auf den Punkt der Erzählung.

Ein paar Tage vor dem anstehenden Gerichtstermin zog Dr. Krause die Klage zurück und blieb nun auf sämtlichen Kosten sitzen. Er hatte nun seinen Rechtsanwalt, meinen Rechtsanwalt sowie eventuell angefallene Kosten fürs Gericht alleine zu tragen.

Ich kann es kaum ausdrücken, was das für eine Erleichterung und Genugtuung für mich war, als ich das Kapitel Krause abschließen konnte.

Jedenfalls konnte dieses arrogante A… sich nicht hinter seinem weißen Kittel verstecken und andere Leute damit einschüchtern. Zumindest mich nicht. Und ich hoffe, das war auch eine Lehre für ihn.

Todesursache unbekannt

Nun schildere ich Ihnen noch einen ungewöhnlichen Fall mit einer Leiche, der mich fast an den Rand des Wahnsinns getrieben hat.

Es war Februar, ein besonders kalter Tag, die Temperaturen stiegen nicht einmal am Tag über 5° Minus. Meine Aufträge bekam ich zu der Zeit noch überwiegend von Vermittlungszentralen. So auch diesen.

Morgens 10 Uhr. „Wir haben einen Auftrag für Sie, eine Türöffnung in Herne."

So kam der Auftrag übers Telefon. Weitere Informationen bekam ich keine, außer natürlich den Namen und Ort. Sodann begab ich mich unbeschwert zum Fahrzeug, programmierte das Navigationsgerät und fuhr los.

Das Ziel befand sich in einer kleinen Nebenstraße. Die Häuser waren nur zu erreichen über eine Zufahrt, somit hatte ich auch keine Einsicht zum Objekt. In der Zufahrt stand ein etwas größeres Fahrzeug, ein SVU, hinter dem sich mehrere Personen aufhielten. Mehr konnte ich zu diesem Zeitpunkt noch nicht erkennen. Also parkte ich mein Fahrzeug am Straßenrand und begab mich erst einmal ohne

Werkzeug in Richtung Auftragsort. Als ich um das parkende Fahrzeug in der Einfahrt herumkam, weckte ich auch sofort das Interesse der Männer, die sich hinter dem Fahrzeug befanden. Einer löste sich aus der Gruppe und kam mir entgegen.

„Sie sind der Mann vom Schlüsseldienst?", fragte er mich.

Ich nickte zustimmend. Schon hatte der Herr seinen Ausweis gezückt mit den Worten:

„Kriminalpolizei, öffnen Sie uns bitte diese Tür." Dabei zeigte er auf ein freistehendes Einfamilienhaus. Mein Blick folgte seinem Fingerzeig und es fuhr mir ein Schreck durch die Glieder. Vor der Tür lag eine Leiche, abgedeckt mit einem weißen Laken, beide Arme schauten heraus. Der Kripobeamte hielt mir einen Schlüsselbund entgegen. Sie können sich wahrscheinlich vorstellen, wie verwirrt ich in diesem Moment war. Sollte ich jetzt irgendwelche Fragen stellen, oder sollte ich die Herren bitten, die Leiche zur Seite zu räumen? Doch ich entschied mich erst einmal, den Mund zu halten, und kam der Aufforderung des Kripobeamten nach. Also nahm ich den Schlüssel an mich, begab mich zur Tür mit der Leiche davor, stellte mich breitbeinig über sie und wollte die Türe aufschließen. Schnell merkte ich, dass mir das nicht gelang. Das Schloss schien einen Defekt zu haben. So wandte ich mich an den Kripobeamten und sagte: „Geht nicht." Dabei fühlte ich mich ein wenig verschaukelt. Den Eindruck behielt ich aber auch für mich.

„Darum haben wir Sie ja beauftragt", sagte er zu mir, „denn uns ist es auch nicht gelungen, die Tür zu öffnen."

Hier lag ein klarer Fall von Fallenbruch vor (technischer Defekt im Schloss. Der Schnapper, fachlich Falle genannt, gleitet nicht mehr in den Schlosskasten und die Türe lässt sich mit dem dazugehörigen Schlüssel nicht öffnen).

Entschuldigen Sie die Ausdrücke, aber in meinem Kopf hatte ich nur: „Scheiß Tag, scheiß Arbeit und noch eine Leiche vor den Füßen." Aber das sollte noch nicht alles sein.

Wie ich nun sah, war ein zweiflügeliges Fenster nicht verschlossen, sondern nur gekippt. Fenster, die auf gekippt stehen, lassen sich mit einem Spezialwerkzeug von einem Fachmann ganz leicht öffnen. So teilte ich dem Kripomann mit, dass ich ein Spezialwerkzeug aus meinem Fahrzeug holen müsse, mit dem könnte ich das Fenster aufbekommen. Danach könnte ich durchs Fenster klettern, um dann von innen im Haus am Schloss zu arbeiten.

Mit dem Fensteröffner in der Hand kehrte ich nun zurück und wollte das Fenster öffnen. Doch, oh Schreck, der

Mann, der da tot vor seinem Haus lag, hatte als Einbruch-schutz eine Eisenkette mit einem Vorhangschloss um beide Fenstergriffe befestigt. So etwas hatte ich bis dato auch noch nicht gesehen.

Nun war mir die Situation schon bald peinlich. Wahrscheinlich dachten die Leute, ich wäre ein Dilettant, der nicht mal eine Türe geschweige denn ein Fenster aufbekommt. So entschuldigte ich mich für die Situation (obwohl ich ja gar nichts dafür konnte). Jetzt kam Plan B zum Einsatz. Ich holte aus meinem Fahrzeug einen Geradschleifer (ein Spezialwerkzeug, auch Fräse genannt), mit dem ich die Kette auftrennen wollte. Obwohl der Geradschleifer einen schlanken langen Hals hat, kam ich nicht durch die schmale Fensteröffnung an die Kette dran, um sie zu durchtrennen.

Mittlerweile kam aber zum Glück der Leichenwagen und holte den Toten ab. Zum ersten Mal konnte ich ihn nun ganz sehen. Es war ein alter Mann, mindestens 75 Jahre alt.

So fragte ich mich, wie der alte arme Mann zu Tode gekommen war. Eine plausible Erklärung wäre, dass er vielleicht nur Abfall rausgetragen hatte und weil er aufgrund des defekten Schlosses nicht mehr in sein Haus kam, einfach vor der Tür erfroren war. Oder er hatte sich so aufgeregt, dass er einen Herzinfarkt bekam. Das sind aber nur Spekulationen von mir, erfahren werde ich es wohl nie. Eigentlich schade, denn durch die Arbeit fühlt man sich irgendwie in den Fall involviert. Man muss sich selbst sagen, es sind halt nur fremde Leute für mich, man muss lernen mit solchen Situationen umzugehen, einfach vergessen und es ad acta legen.

So, nun aber weiter zur Lösung des technischen Problems. Es gibt immer eine Lösung, also kam ich nun zu Plan C. Wieder begab ich mich zu meinem Fahrzeug und holte dieses Mal eine kleine Eisensäge. Mit der gelang es mir nun endlich die Kette zu durchtrennen. Mit Einverständnis der Kripobeamten kletterte ich jetzt durch das geöffnete Fenster und begab mich zur Haustür von der Innenseite. Von hier hatte ich nun die Möglichkeit, mit etwas Geschick die Falle vom Schloss zurückzuschieben und die Tür zu öffnen. Den Beamten stand die Erleichterung ins Gesicht geschrieben, nun endlich ins warme Haus zu kommen. Ich baute das komplette Schloss aus und suchte den Fehler. Es war ein umschaltbares Rohrrahmenschloss, das man als linkes wie auch als rechtes Schloss verwenden konnte, indem man nur eine Schraube losschraubt und die Falle von links auf rechts dreht. Diese Schraube hatte sich nur gelöst, dadurch war die Falle abgefallen und ließ ein Öffnen der Tür nicht mehr zu.

Fazit: Ein defektes Schloss, beziehungsweise eine gelöste Schraube war aller Wahrscheinlichkeit für den Tod des alten Mannes verantwortlich. Meine Gedanken gingen sogar so weit, dass vielleicht von irgendjemand, der das Schloss irgendwann einmal eingebaut hatte, ein Montagefehler begangen wurde. Er hatte vielleicht vergessen die Schraube anzuziehen und war somit sogar folglich für den Tod eines Menschen verantwortlich. Kleiner Fehler, große Wirkung. Ich hör jetzt lieber auf, machen Sie sich selbst Ihre Gedanken dazu.

*Der Tod kommt unverhofft

Liebe Leserinnen und Leser, verzeihen Sie mir, aber die folgende Geschichte habe ich frei erfunden. Manchmal muss ich meiner Kreativität auch freien Lauf lassen und so wurde daraus die folgende spannende Geschichte.

Als Birgit das Paket an der Haustüre annahm, war sie noch nicht einmal angezogen. Sie hatte sich nur schnell den Morgenmantel übergestreift, bevor sie die Tür öffnete. Sie schaute verblüfft drein, als der Postbote vor ihr stand und ihr lächelnd das Paket reichte. An eine Bestellung konnte sie sich nicht erinnern.

„Hallo, guten Morgen, Frau Bayer. Ein verfrühtes Weihnachtsgeschenk?", fragte er sie freundlich.

Birgit zuckte nur mit den Schultern und rieb sich noch leicht verschlafen die Augen.

Sie legte das Paket auf dem Garderobenschrank ab, ging in die Küche und setzte den Kaffee auf. Danach bereitete sie ihr Bad vor.

Ach ja, das Paket, sie wollte es vom Garderobenschrank holen. Im Hintergrund lief das Radio, der Nachrichtensprecher berichtete gerade von einem Mordfall, der sich gestern in der näheren Umgebung ereignet hatte. Gespannt lauschte Birgit den Worten und vergaß somit erst einmal ihr Paket.

Birgit Bayer war Kriminalbeamtin bei der Mordkommission und bearbeitete gerade diesen aktuellen Fall. Heute hatte sie Mittagschicht und konnte es ruhig angehen lassen.

Endlich war es soweit, der aromatische Kaffeeduft hatte sich in der Wohnung ausgebreitet. Sie goss sich eine Tasse Kaffee ein, gab etwas Sahne hinzu. Auf Zucker verzichtete sie bewusst wegen ihrer guten Figur, sie wollte schlank und attraktiv bleiben. Dann nahm sie genüsslich Schluck für Schluck zu sich.

Birgit hatte kurze Haare, die aber noch die Ohren bedeckten. Nach vorne fielen sie über die Stirn bis zu den Augenbrauen. Ihre tiefblauen Augen bildeten einen guten Kontrast zu dem blonden Ton ihrer Haare. Ihre Körpergröße von 1,70 m passte zu ihren Proportionen. Wenn sie im Kleid über die Straße ging und ihre langen genial geformten Beine zur Schau stellte, drehten sich die Männer um und kamen ins Schwärmen. Jedoch trug sie überwiegend Hosenanzüge, sie wollte ja nicht auffallen und schon gar nicht ihren männlichen Kollegen den Kopf verdrehen.

Der Verschleiß an Männer war vor Jahren nicht gerade unbeachtlich gewesen. Irgendwann hatte sie sich aber entschlossen, alleine zu bleiben und nur noch dann zuzugreifen, wenn sie sich ganz sicher wäre, dass sie den richtigen Mann für den Rest ihres Lebens gefunden hätte.

Dann fiel ihr das Paket wieder ein. Endlich hielt sie es in den Händen und begab sich damit zum Küchentisch, auf dem sie es ablegte. In der Küchenschrankschublade kramte sie nach einer Schere, womit sie die Kordel des Pakets durchschneiden wollte. Sie setzte die Schere an und - nein noch nicht - sie genoss die Spannung. Von wem könnte es sein? Die Schere landete erst einmal auf den Tisch. Sie drehte und wendete das Paket in ihren Händen, sie rappelte es hin und her, drückte es und roch sogar daran. Es roch neutral und fühlte sich sehr hart an. Sollte es von einem ihrer Arbeitskollegen stammen, vielleicht von Günther oder gar von Dirk?

Ja der Dirk, der hat wohl ein Auge auf mich geworfen, aber er muss doch gemerkt haben, dass er bei mir nicht landen kann. Günther hatte es ja auch mehrere Male versucht, doch der ist ja verheiratet. Dem habe ich deutlich zu verstehen gegeben, dass er sich lieber um seine Frau kümmern möchte. Aber man weiß ja nie, was in so einem Männerkopf vorgeht. Sie wusste, wie unberechenbar manche Menschen werden können, wenn die Liebe zu einem angebeteten Menschen verschmäht bleibt. So einige Mordfälle hatte sie schon bearbeiten müssen und abgeblitzte Liebhaber als Täter überführt.

Dann übermannte sie die Neugier doch, sie setzte die Schere an, - schnipp, die erste Hälfte der Kordel sprang auseinander. Erneut setzte sie die Schere an, - dring dring, das Telefon läutete.

„Birgit Bayer", meldete sie sich.

„Guten Morgen Birgit, Günther hier. Wir brauchen dich dringend, wir haben soeben in unserem jüngsten Mordfall einen Tatverdächtigen festnehmen können. Die Ermittlungen laufen auf Hochtouren."

„Ja, ich komme gleich", erwiderte sie mürrisch und legte den Hörer auf.

Ihr Blick schweifte über das Paket, das halb geöffnet auf dem Küchentisch lag. Sie ließ es liegen und begab sich nun endgültig ins Bad. Nach einer halben Stunde war sie gestiefelt und gespornt. Sie streifte sich den Mantel über und hastete zur Tür, ihre Hand griff nach der Türklinke und, – sie ließ sie wieder los. Schnellen Schrittes eilte sie noch einmal zurück in die Küche. In einem Zuge leerte sie den Rest der

Tasse Kaffee, der schon endgültig kalt geworden war. Wieder fiel ihr Blick auf das Paket. „Egal", dachte sie, „der Tatverdächtige läuft uns sowieso nicht mehr weg." Wieder griff sie zur Schere, setzte sie an und schnitt das letzte Stück der Kordel durch. Zum Vorschein kam eine Geldkassette. Das Verpackungspapier knüllte sie zusammen und warf es in den Abfall. In der Eile hatte sie nicht bemerkt, dass sie den passenden Schlüssel, der zur Kassette gehörte, mit in dem Verpackungspapier eingedreht hatte und wunderte sich, dass kein passender Schlüssel dabei lag.

Was mag da wohl drin sein? Sie holte einen Schraubendreher und versuchte die Kassette aufzuhebeln. Dabei rutschte sie ab und stieß sich den Schraubendreher in den Handballen. Wütend holte sie sich aus der Hausapotheke ein Pflaster und klebte es auf die blutende Wunde.

Sie fluchte vor sich hin und suchte nach einer anderen Lösung, die Kassette zu öffnen.

Da fiel ihr der Schlüsseldienst ein, der ja bei ihr im Haus einen Laden hatte.

Das ist wohl die beste Lösung, dachte sie und nahm die Kassette mit.

„Hallo Herr Werner, schauen Sie mal, was ich hier habe."
Sie legte ihm die Kassette auf die Ladentheke und sagte:
„Können Sie mir die bis heute Abend öffnen?"

Herr Werner war ein älterer Mann mit viel Erfahrung im
Umgang mit jeglicher Art von Schlössern.

Er nahm die Kassette an sich, schaute sich das Schloss an
und sagte zu ihr: „Ich habe bestimmt einen passenden
Nachschlüssel." Dann kramte er unter der Theke in einer
Kiste herum.

„Ich habe es eilig, Herr Werner, ich komme heute Abend
nach Dienstschluss und hole die Kassette wieder ab."

„Einen kleinen Moment, Frau Bayer."

Ruck zuck steckte Werner mit seinen geübten Fingern einen passenden Schlüssel ins Schloss, – „Bumm!" Eine fürch-
terliche Detonation ließ das ganze Haus erschüttern. Risse
in den Wänden, zerborstene Scheiben und zwei Menschen
tot, Herr Werner vom Schlüsseldienst und Birgit.

Es wird noch Monate dauern, bis Dirk, Birgits Arbeits-
kollege bei seinen Ermittlungen auf ihren gemeinsamen Arbeitskollegen Günther kommt und ihn des Mordes überfüh-
ren wird.

Jedenfalls eins steht fest, es fand mal wieder ein weiterer Mord statt, mit dem Hintergrund: „Verschmähte Liebe".

Mit der Kripo unterwegs

Im Folgenden eine kurze Geschichte, die ein Berufskollege von mir mit der Kripo erlebt hat.

Es ist schon ein paar Jahre her, als Bernd, so der Name meines Berufskollegen, einen Anruf vom LKA bzw. vom BKA bekam. Es ist schon zu lange her, um das noch genau zuzuordnen.

Bernd wunderte sich, dass die übergeordnete Polizeibehörde nicht den Schlüsseldienst der regionalen Polizei angefordert hatte. Wie dem auch sei, Bernd bekam den Auftrag, etwas außerhalb von Wuppertal zu einem Bauernhof zu kommen. Man würde ihn dort für die Öffnung einer Tür benötigen.

Bernd war über diesen außergewöhnlichen Auftrag erfreut und machte sich sofort auf den Weg.

Auf dem Bauernhof angekommen, standen schon zwei Fahrzeuge mit auswärtigem Kennzeichen. Zwei Beamte mittleren Alters in Zivil stiegen nun aus dem rechten Wagen, kamen auf Bernd zu und gaben ihm etwas mürrisch zu verstehen, dass sie schon seit einer Weile auf ihn gewartet hatten.

„Schneller ging es nicht!", konterte Bernd und ließ seinen Frust raus, da er so unfreundlich empfangen wurde.

„Sie hätten sich ja mal früher bei mir melden können, dann hätten wir einen Termin gemacht und ich wäre garantiert pünktlich gewesen."

Sie wechselten noch ein paar ungehaltene Worte, dann schaute Bernd sich um.

Es war ein relativ großer Bauernhof mit einer üblichen Ausstattung. Eine Scheune, Ställe, umzäunte Wiesen sowie ein Bauernhaus. Ein Eingang zu dem Haus war ebenerdig und ein zweiter Eingang führte über eine Außentreppe zu einem weiteren Stockwerk. Die untere Tür stand auf, aus ihr kamen nun noch zwei Personen. Ein Mann, ebenfalls mittleren Alters, sowie eine junge, wirklich hübsche, kleine zierliche Frau mit langen schwarzen Haaren, die sie zu einem Pferdeschwanz zusammengebunden hatte. Sie trug einen eleganten grauen Hosenanzug.

Die beiden gehörten augenscheinlich auch zu dem Team, das mittlerweile schon die unteren Räumlichkeiten inspiziert hatte.

„Bitte öffnen Sie uns die Tür in der ersten Etage", bat ihn die hübsche Beamtin aus der Gruppe.

Sie war auch im Tonfall bedeutend freundlicher als ihre beiden Kollegen, die Bernd zuerst begrüßt hatten.

Bernd holte sich die Werkzeugtasche aus seinem Fahrzeug und krabbelte die einer Hühnerleiter ähnliche Treppe hinauf.

Oben angekommen, begab er sich an die Öffnung der Tür. Da wir als Schlüsseldienste ja auch keine Röntgenaugen besitzen und sehen können, ob die Tür verschlossen ist oder nicht, versuchte Bernd natürlich zuerst die Tür mit einfachen Werkzeugen zu öffnen. Doch dies gelang ihm nicht, so wandte er sich dann einem der Beamten zu und sagte: „Die Tür ist wohl verschlossen, ich muss aus meinem Fahrzeug die Bohrmaschine holen und den Schließzylinder aufbohren."

„Wenn es nicht anders geht - dann legen Sie mal los", knurrte der Angesprochene.

Bernd fiel noch um Haaresbreite die Treppe herunter. Er konnte sich allerdings noch fangen und begab sich zu seinem Auto.

„Das macht wohl die Anwesenheit der Schwarzhaarigen, die kann einen ganz schön aus dem Tritt bringen", sagte er leise zu sich selbst und bedauerte, nicht zu der Truppe zu gehören.

Mit der Bohrmaschine in der Hand, wieder in der ersten Etage über die Hühnerleitertreppe angekommen, setzte Bernd diese an und bohrte die Sperrstifte aus dem Schließzylinder aus. Er fummelte und pfriemelte an dem Zylinder rum, doch es gelang ihm nicht, das Schloss zu entsperren und die Tür zu öffnen.

Es war ihm peinlich und der Schweiß stand ihm auf der Stirn; er wandte sich an die Schöne und sagte: „Ich weiß nicht warum, aber ich bekomme diese verdammte Tür nicht auf. Eigentlich ein Routinefall, aber irgendetwas blockiert das Schloss."

Er machte sich nun nochmals über die mörderische Treppe auf den Weg nach unten und holte ein weiteres Spezialwerkzeug aus seinem Auto.

Nachdem er schon zum dritten Mal die Treppe erklommen hatte, brach er nun mit einem Knackrohr den Rest des

Profilzylinders aus dem Schloss. Nun konnte er mit einem Spezialschlüssel (Bauschlüssel genannt) die Tür öffnen. Jetzt konnte er auch sehen, warum die Tür sich zuvor nicht öffnen ließ. Denn auf der Innenseite der Tür hatte jemand einen Schlüssel stecken lassen. Das Fenster zur Rückseite des Gebäudes stand sperrangelweit auf und eine Leiter lehnte von außen dagegen.

Folglich war der Mann, der ja festgenommen werden sollte, aus dem Fenster getürmt und zwar während Bernd mit der Öffnung des Schlosses beschäftigt war.

Dumm gelaufen für die Kripobeamten, mit ein wenig Weitsicht hätten sie auf der Rückseite des Hauses einen ihrer Kollegen postieren können und der Ganove wäre ihnen ins Netz gegangen.

Innerlich verspürte Bernd ein wenig Schadenfreude, zumindest den beiden unfreundlichen Beamten gegenüber. Nur die Schwarzhaarige, die tat ihm etwas leid. Aber nur etwas. Von ihr hat Bernd in nächster Zeit noch einige Male geträumt.

Logischerweise musste er es bei den Träumen belassen, denn er ist ihr nie wieder begegnet. So ist es nun mal im Leben.

Eine fast zerstörte Reputation

Norbert Garmann, Sicherheitstechniker aus dem Ruhrgebiet, war in seinem Fach eine richtige Koryphäe, dem keiner etwas vormachen konnte. Er war auch bekannt für seine Kundenfreundlichkeit, Zuverlässigkeit und Schnelligkeit.

Frau Schmitz betrat seinen Laden und bat Norbert, ihr ein Angebot für eine Absicherung der Tür und ihrer Fenster zu erstellen.

„Kein Problem, Frau Schmitz, wann passt es Ihnen?", fragte er freundlich.

„So schnell wie möglich bitte, ich wohne ja auch nur zwei Straßenblocks von Ihnen entfernt."

„Okay, ich habe gerade einen Techniker frei, der könnte sofort bei Ihnen vorbeikommen und sich die Tür und die Fenster anschauen."

„Oh ja, sehr schön, danke, Herr Garmann."

Klaus, der Techniker, begleitete Frau Schmitz bis in ihre Wohnung und schaute sich die Fenster und die Tür gleich an.

Nach einer knappen Stunde kam Klaus zurück, einen Verband um die Hand, der auch schon drohte durchzubluten.

„Ach du meine Güte, was hast du denn gemacht?", fragte ihn Norbert.

„Die Frau Schmitz hat so einen kleinen Terrier; kaum hatte ich mich gebückt, um meinen Kugelschreiber wieder aufzuheben, der mir aus der Hand gerutscht war, hatte ich auch schon die kleine Bestie an der Hand hängen", erwiderte Robert fluchend.

„Kannst du noch Autofahren?", fragte Norbert.

„Klar, Chef."

„Schwing dich in dein Auto und ab zum Krankenhaus. Du musst dich wenigstens untersuchen lassen, dass der Hund keine Sehne durchgebissen hat oder du noch eine Blutvergiftung bekommst."

Alsdann schwang sich Klaus ins Auto und fuhr zum Krankenhaus.

Nach etwa vier Stunden kam er mit einem frischen Verband und einem Krankenschein, der vorerst auf eine Woche datiert war, zurück.

„Dann fahr nach Hause, Klaus, und sieh zu, dass du wieder fit wirst. Aber erzähl mir doch wenigstens noch, was du bei Frau Schmitz überprüft hast", sagte Norbert.

Klaus berichtete Norbert noch ausführlich, wo Absicherungsbedarf bei Frau Schmitz bestand.

Er erzählte, dass Frau Schmitz eine Mietwohnung im Parterre bewohnte. Er hatte ihr zu einem Panzerriegel in der Wohnungseingangstüre geraten, sowie dazu, an den Fenstern Sicherungsknebel anzubringen. Allerdings war ihm aufgefallen, dass eins der Fenster sehr veraltet, ja förmlich antiquiert war. Ein Versuch, das Fenster vernünftig einzustellen, schlug aufgrund des maroden Zustands der alten Bänder allerdings fehl und somit würde sich eine Sicherung an diesem Fenster nicht lohnen. Es müsste ein neues Fenster eingesetzt werden oder man müsste durch eine Fensterfirma das alte Fenster komplett überholen lassen.

„Okay Klaus, ich kümmere mich nun weiter darum und jetzt fahr endlich nach Hause."

Klaus tat genau dies, um sich auszukurieren.

Norbert kontaktierte nun Frau Schmitz und bat sie, sich mit ihrer Vermieterin in Verbindung zu setzen und ihr die Sachlage zu erklären, damit sie sich um das marode Fenster kümmern möge. Doch ihre Vermieterin weigerte sich, irgendetwas an dem Fenster machen zu lassen. Daraufhin bat Frau Schmitz Herrn Garmann, das Fenster trotz seiner Bedenken mit Nachrüstmodulen zu sichern. Widerwillig ließ er sich dazu überreden und verbaute auf ausdrücklichen Wunsch von Frau Schmitz neue Sicherungen. Das Ende vom Lied: Nach einem halben Jahr hatte sich die Vermieterin von Frau Schmitz nun doch entschlossen, das Fenster reparieren zu lassen. Da die Fenster nun ordnungsgemäß wieder ausgerichtet waren und somit einen anderen Sitz bekommen hatten, saßen die neuen Knebelsicherungen nicht mehr da, wo sie normalerweise hingehörten und hingen nun schräg auf den Fensterrahmen. Das sah natürlich nicht sehr schön aus, sondern wirkte so, als seien sie von einem Laien verbaut worden.

Daraufhin verlangte Frau Schmitz nun von Herrn Garmann, die Absicherungen neu auszurichten. Dies funktionierte aber im Nachhinein nicht, weil dann die alten Bohrungen sichtbar geworden wären.

Norbert versuchte nun, Frau Schmitz vernünftig zu erklären, dass es nicht seine Schuld sei, da sie ja trotz seiner Bedenken darauf bestanden hatte, das alte kaputte Fenster zu sichern. Doch davon wollte sie auf einmal nichts mehr wissen und erzählte anschließend in der Nachbarschaft, dass der Sicherheitstechniker Garmann nicht in der Lage wäre, vernünftige und saubere Arbeit zu leisten. Mit anderen Worten, er wäre ein Stümper.

Dieser Vorfall hätte beinahe Norberts Reputation zerstört.

Haben Sie, meine lieben Leserinnen und Leser, einen Fachmann des Vertrauens, nehmen Sie seine Worte ernst und befolgen Sie seine Ratschläge.

Schlusswort

Ich habe noch so viele spannende und ergreifende Geschichten in meinem Repertoire, die mir zugetragen wurden und die ich Ihnen, meine lieben Leserinnen und Leser, vielleicht bei Gelegenheit in einem folgenden Buch präsentieren werde. Daher schließe ich an dieser Stelle und hoffe, es hat Ihnen gefallen.

Mein erstes Buch, Achtung –Handwerker ist auch überall

im Buchhandel erhältlich,

ISBN 978-3-8301-9661-7

oder über www.einbruch-legal.de